NUCA
MONTI

Schwesterherzen auf Klassenfahrt
Ich glaub, DEIN Schwein pfeift!

Kleiner Tipp von mir:
Am Ende gibt's einen Test,
bei dem du herausfinden kannst,
welcher von uns Schwesterherzen
du am ähnlichsten bist.
Viel Spaß!
Deine Bonnie

Lucy Astner wurde 1982 in Hamburg geboren. Sie mag es, Schokolade zu essen, Trampolin zu springen und zu lachen, bis der Bauch wehtut. Und eben weil sie selbst so gerne lacht, hat sie ihr Hobby zum Beruf gemacht und schreibt Drehbücher für Kinofilme, mit denen sie viele andere Menschen zum Lachen bringt. Mit ihren vier Kindern und ihrem Mann lebt sie heute mitten in Hamburg-Eimsbüttel – und hat sich schon als Kind sehnlichst eine Schwester gewünscht! Weil Schwestern nämlich IMMER zusammenhalten! Bäm!

Schwesterherzen bei Planet!:

Schwesterherzen
Eine für alle,
alle für DICH!
Bd. 1

Schwesterherzen
auf Klassenfahrt
Ich glaub, DEIN
Schwein pfeift!
Bd. 2

Mehr über unsere Bücher, Autoren und Illustratoren auf:
www.planet-verlag.de

Astner, Lucy:
Schwesterherzen auf Klassenfahrt
Ich glaub, DEIN Schwein pfeift!
ISBN 978 3 522 50612 0

Illustrationen: Nadine Jessler
Einbandgestaltung und -typografie: Vanessa Weuffel
Innentypografie: Tanja Haaf
Reproduktion: DIGIZWO GbR, Stuttgart
Druck und Bindung: GGP Media GmbH, Pößneck

FSC
www.fsc.org
MIX
Papier aus verantwortungsvollen Quellen
FSC® C014496

LUCY ASTNER

SCHWESTER HERZEN

AUF KLASSENFAHRT

ICH GLAUB, DEIN SCHWEIN PFEIFT!

PLANET!

~~KAPITEL 1~~

Warum erste Schultage ~~vielleicht~~ AUF JEDEN FALL verboten werden sollten!!!

Der erste Schultag nach den Ferien fing schon mal **voll monstermäßig** schrecklich an – nämlich damit, dass die Schule TATSÄCHLICH wieder anfing! Waaaah!

Irgendwo tief in meinem ~~wuscheligen~~ UMWERFEND SCHLAUEN Hinterkopf hatte ich zwar abgespeichert, dass die Sommerferien eines Tages auch wieder vorbei sein würden, aber trotzdem traf mich Mamas Weckruf an diesem Morgen wie ein ~~kleiner~~ raketenmäßig schlimmer Donnerschlag. So einer mit fiesen BLITZEN und ERDBEBEN drum herum! Kaboooom!

„Bonnie!", sagte Mama, während sie mir zum dritten Mal die Decke wegzog. „Du willst doch nicht zu spät kommen an deinem ersten Tag als Siebtklässlerin, oder?"

Dabei wusste sie ganz genau, dass ich **kein bisschen** wild darauf war, in die siebte Klasse zu gehen! Wirklich KEIN bisschen!!!

Ich habe nichts gegen Siebtklässler, ehrlich! Im Grunde ist es sogar ganz COOL, keine Sechstklässlerin mehr zu sein. Weil Sechstklässler nämlich:

1. gemeinsam mit den TOTAL UNREIFEN UND VOLL MONSTERLAUTEN Fünftklässlern der Mechthild-Meckermann-Schule Mittag essen müssen (wuäh!) und

2. ein ganzes Jahr weiter davon entfernt sind, **ENDLICH** mit der Schule fertig zu sein! Oha …

Dass ich trotzdem keine Lust hatte, jetzt in die siebte Klasse zu gehen, hatte ~~hauptsächlich~~ nur einen einzigen GEWALTIG GROẞEN GRUND: Wir sollten einen neuen Klassenlehrer bekommen!

Das alleine wäre ja nicht schlimm gewesen, nein – aber mein neuer Klassenlehrer war kein Geringerer als:

Mathemonster Strunz! Aaaargh!

Für diejenigen von euch, die Stanislaus Strunz noch nicht kennen, muss ich jetzt vermutlich ein paar klitzekleine Dinge erwähnen, damit ihr versteht, warum das alles ~~nicht so toll~~ **ABSOLUT KEIN BISSCHEN AKZEPTABEL, SONDERN HORRORMÄßIG SCHRECKLICH** ist:

1. Stinkesocke Strunz ist mein Mathelehrer seit der fünften Klasse und ~~wahrscheinlich~~ GANZ SICHER der Grund, warum ich mit Zahlen über drei nichts anfangen kann! (Hinweis für meine Eltern: keine Sorge! Wenn ihr mir endlich ein iPhone kauft, könnte trotzdem noch was aus mir werden – VERSPROCHEN!!!)

2. Er ist ungefähr so nett, wie fleischfressende Pflanzen süß sind und hat so viel Humor wie ein **vertrocknetes Büschel Petersilie.** Nämlich null Komma gar nicht!

3. Müffelmonster Strunz hat mit Abstand den weltallerfürchterlichsten Mundgeruch auf dem ganzen weiten Planten! Stellt euch einfach den schlimmsten Gestank der Welt vor und multipliziert ihn mit ZWEIHUNDERTZILLIONEN – dann wisst ihr, was ich meine!!! Würgs!

Jedenfalls gab es an diesem Morgen ~~so ungefähr drei~~ **mindestens fünfzehntausend Dinge,** die ich lieber getan hätte, als Stanislaus Stinkebacke wiederzusehen – wie zum Beispiel:

- meinen Kopf in einen Topf mit voll widerlichem AMIGO-Schleim zu stecken!
- mir die Augenbrauen abzurasieren, ohne mit der Wimper zu zucken!
- eine ganze Packung **GLIBBER-PISTAZIEN-MORTADELLA** zu verdrücken – mit dem Plastik drum herum!!! Ich schwöre!!!

Natürlich hätte mir Mama nichts davon erlaubt und mich hinterher wahrscheinlich trotzdem noch in die Schule geschickt, deshalb hab ich es lieber gleich gelassen. **Ohne Augenbrauen** rumzulaufen ist ja auch nicht gerade schön … *Hmpf.*

Aufstehen und zur Schule gehen wollte ich aber auch nicht, und darum hab ich einfach VOLL CLEVER so getan, als wäre ich zu Stein erstarrt und hab mich nicht bewegt. Nicht mal einen winzig kleinen Zentimeter. Ätsch!

Zum Glück war ich mittlerweile ziemlich gut darin, die Luft anzuhalten, weil ich das im Matheunterricht oft **STÄNDIG** machen musste, um Strunzis Muffelduft nicht einzuatmen – und Mama ist irgendwann ziemlich wütend geworden:

„Ich mein's ernst, Bonnie! Du stehst jetzt sofort auf und machst dich fertig für die Schule, hörst du?! Ich zähle bis DREI!"

Und dann hat sie tatsächlich bis **DREI** gezählt, und ich musste aufpassen, nicht laut loszulachen. Weil Eltern nämlich immer meinen, man würde seine Meinung ändern, sobald sie anfangen zu zählen. Grad so, als wäre die Zahl DREI eine **große böse Hexe,** die dir hässliche popelgrüne Warzen auf die Nase zaubert, wenn du nicht hörst. Dabei weiß doch jedes Kind, dass bei DREI meistens nur eins passiert – und zwar:

null Komma gar nichts! Thihi …

Und weil ich das auch wusste, hab ich einfach weiter dagelegen wie ein festgefrorenes Bügelbrett und ins

Leere gestarrt, bis Mama aus dem Zimmer gestampft ist. Haaa! (War auch gerade rechtzeitig, weil ich nämlich ~~ganz, ganz dringend~~ langsam mal wieder atmen musste …)

Dummerweise ist im nächsten Moment mein ~~voll bekloppter~~ minderintelligenter Zwillingsbruder Neo zurück in unser Zimmer gestolpert. Und als er gesehen hat, dass ich da so schutzlos liege, hat er mir blitzeschnell den Hintern zugedreht und mir einen RIESIG DICKEN STINKEFURZ mitten ins Gesicht gemockert! Buäääääh!

Ich bin natürlich gleich aus dem Bett gesprungen, hab dabei aber vergessen, dass über mir noch die zweite Etage des Hochbettes ist, und hab mir ~~die Birne~~ meinen wohlgeformten Kopf monstermäßig schlimm am Lattenrost gestoßen! Aua!

Als ich mit einer ~~kleinen~~ **gigantisch fetten Beule** an der Stirn in die Küche getaumelt bin und Mama um ein Kühlpaket gebeten habe, hat sie nur ganz eingeschnappt mit den Schultern gezuckt.

„Frag deinen Vater. Ich bin leider spät dran, weil ich ZWEI STUNDEN vergeblich versucht habe, meine Tochter aus dem Bett zu zerren!"

Und dabei hab ich ganz genau gespürt, dass sie wirklich mordsmäßig beleidigt war und kein bisschen Mitleid mit mir hatte. Rabenmutteralarm!

Papa hatte zum Glück Zeit, aber auch nicht die weltallerbeste Laune. Das lag daran, dass er gerade wieder mächtig viel Stress hatte mit einem seiner Filme.

Mein Papa ist nämlich ~~ein weltbekannter~~ Schauspieler und hat nicht nur Millionen Fans, sondern auch genauso viele **Kröten** auf dem Konto.

Na ja, nicht ganz …

Aber er ist nur ganz, ganz kurz davon entfernt, **sehr, sehr reich** und **sehr, sehr berühmt** zu sein! Meint er zumindest …

Auf jeden Fall spielt er meistens eine ~~total kleine~~ SUPERSUPERWICHTIGE Rolle in der Bergserie „Der Bubikopf vom Guglhopf", aber in den Sommerferien hat er einen ECHTEN Job in irgendeinem RIESIGEN UND VOLL GEHEIMEN KINOFILM ergattert! Yay!

Das war natürlich M.E.G.A.C.O.O.L, aber jetzt wollte der Regisseur kurz vor der Premiere noch ein paar Szenen nachdrehen. Und dafür sollte Papa so ungefähr ~~zwei~~ zwanzig Kilo abnehmen in den nächsten sieben Tagen! Und wenn mein Papa abnehmen soll, ist seine

Laune in der Regel so gut, wie **LINSENSUPPE** lecker ist. Nämlich gar nicht … Bääh.

„Müsst ihr euch jetzt schon vor der Schule streiten?", hat er mich angeblafft, während er im Eisfach nach einem Kühlpaket für meine Riesenbeule gewühlt hat.

„Neo hat angefangen!", hab ich gleich zurückgemotzt, weil ich ja wirklich überhaupt nichts dafür konnte, dass mein total bekloppter Bruder mich angepupst hat! *Aber echt jetzt!*

Doch anstatt mich zu trösten und mir zur Entschädigung entweder

a) ein **iPhone,**

b) ein **Pferd** oder zumindest

c) ein **eigenes Zimmer**

zu versprechen, hat Papa mir nur eiskalt eine Packung TIEFKÜHLBROKKOLI an die Beule geklatscht. *Wumms!*

„Ich finde das Kühlding nicht, aber das hier müsste auch gehen", hat er gegrummelt und sich dann mit einer staubtrockenen Dinkelstange ins Schlafzimmer zurückgezogen.

Und ich musste mir mal wieder eingestehen, dass ich in dieser Familie ~~meistens~~ **IMMER** komplett auf mich allein gestellt war!

Aber mal ehrlich: Was sollte ich schon erwarten von Eltern, die mir auf der einen Seite zwar hartnäckig ein eigenes Handy verweigerten, mir auf der anderen Seite aber nicht EINEN, nicht ZWEI, nein, DREI BRÜDER beschert hatten?! Seufz …

ZUM GLÜCK gibt es ja nicht nur die Familie, in die man hineingeboren wird, sondern auch die, die man sich selbst sucht, ja:

Zum Glück gibt es die SCHWESTERHERZEN!

~~KAPITEL 2~~

Eine für alle, alle für … wen denn jetzt eigentlich?

Bevor ich euch erkläre, wer die ~~total supergeheimen~~ Schwesterherzen sind, muss ich euch wohl erst mal erzählen, wer ich eigentlich bin.

Wenn ihr aufgepasst habt, wisst ihr, dass ich BONNIE heiße und drei ~~weniger intelligente~~ MORDSMÄßIG BEKLOPPTE Brüder habe.

Außerdem kennt ihr meinen ~~total berühmten~~ Papa Willem und ahnt, dass ich neuerdings in die siebte Klasse der Mechthild-Meckermann-Schule gehe.

Was ihr allerdings noch nicht wisst, ist, dass mein Leben auch sonst ~~ziemlich~~ **raketenmäßig ungerecht** ist. Ehrlich!!!

Für den absolut unwahrscheinlichen Fall, dass ihr mir das nicht glauben solltet, liefere ich euch mal ein paar KNALLHARTE BEWEISE:

1. Meine Mama ist Lehrerin an MEINER Schule! (Geht's NOCH peinlicher?!)

2. Mein Papa ist Holländer. Was nicht weiter schlimm wäre, wenn ich nicht seine orangefarbenen Locken geerbt hätte. Mit denen sehe ich nämlich aus wie ein PUDEL, der mit seiner Zunge an einer Steckdose geschleckt hat! NICHT NACHMACHEN!!!

3. Habe ich schon erwähnt, dass ich **DREI** Brüder habe, aber **KEIN EINZIGES** iPhone oder Pferd?! Nicht mal ein klitzeklitzekleines!!!

Kommen wir aber zur größten Ungerechtigkeit von allen: Meine Eltern haben mir keine einzige Schwester geschenkt! Deshalb habe ich vor den Sommerferien auch eine **TOTAL GEHEIME GEHEIMVERBINDUNG** gegründet, und das sind:

DIE SCHWESTERHERZEN!

Weil ich finde, dass kein Mädchen auf der ganzen weiten Welt auf eine Schwester verzichten sollte, NUR weil die eigenen Eltern keine machen wollen! Basta!

Die Schwesterherzen sind jedenfalls OHNE ZWEIFEL die **coolste** und **tollste** und **obergeheimste** Vereinigung der ganzen weiten Welt, weil wir keine Freundinnen sind, sondern viel mehr – und zwar:

SCHWESTERN!

Und Schwestern halten einfach *immer* zusammen – selbst dann, wenn wir uns ~~voll oft~~ gelegentlich mal nicht so gut leiden können …

Dass Schwestern **IMMER, IMMER, IMMER** zusammenhalten, ist so eine Art Naturgesetz, stärker als Hagel, Sturm und der **MONSTERMÄßIG SCHLIMME MUNDGERUCH** von Mathemuffel Strunz zusammen! BÄM!

Wir haben sogar einen ~~lustigen~~ HOCHOFFIZIELLEN Kodex und einen SEHR, SEHR GEHEIMEN SCHWUR!

(Und weil das alles so *obersupergeheim* ist, dürft ihr natürlich **kein Wort** von alledem verraten – sonst fällt euch nämlich augenblicklich die Nase aus dem Gesicht und ihr müsst zur Strafe eine große Handvoll **KATZENSTREU** essen! Also pssst!!!)

Zu den Schwesterherzen gehören:

- meine AAABFADGWW *(= alleralleralllerbeste Freundin auf der ganzen weiten Welt)* SMILLA

- NUCA, die ~~ziemlich dick~~ ein bisschen kräftiger gebaut ist und mächtig gerne **Kaugummi** kaut

- MONTI, die zwar ~~unfassbar hübsch ist~~ ganz passabel aussieht, aber immer – und ich meine WIRKLICH IMMER – maßlos übertreiben muss!

- JO, die meistens ziemlich **FINSTER UND GRUMMELIG** ist wirkt

- … und natürlich ICH, die **bezaubernde, voll gut aussehende** und **wahnsinnig intelligente:** BONNIE VAN CLOYD! (Ist ja klar, dass ich dabei bin, schließlich kam die grandiose Idee mit den geheimen Schwestern auch von mir! Und deshalb darf auch NUR ICH und sonst keine andere unsere Geschichte erzählen! Haaaa!)

Als ich an diesem ersten Schulmorgen mit meiner RIESENBEULE auf der Stirn mein Fahrrad auf dem Schulhof anschloss, waren die Schwesterherzen jedenfalls ~~ein ganz guter~~ DER EINZIGE GRUND, warum ich mich nicht gleich vorsorglich im Schulteich ertränken wollte. Gluck, gluck …

Obwohl wir IM HERZEN UND ÜBERHAUPT FÜR ALLE ZEIT UND EWIGKEIT miteinander verbunden waren, hatten wir uns in den Sommerferien nicht gesehen, und ich freute mich ~~ein klein wenig~~ **oberraketenmäßig doll,** die anderen wiederzutreffen!

(Na ja, auf Monti hätte ich schon noch die eine oder andere Woche verzichten können … aber pssst! Thihi.*)*

Smilla hatte die Ferien auf irgendeinem langweiligen Campingplatz an der Ostsee verbracht, Jo war mit ihrem Papa von einem TATTOOFESTIVAL zum nächsten gezogen und Monti wollte ihren superstinkereichen Vater in Amerika besuchen.

Nuca wurde von ihrer Mama in ein **total bekopptes Diät-Zeltlager** geschickt, aber als sie jetzt über den Schulhof auf mich zuschlurfte, konnte ich beim besten Willen nicht erkennen, dass sie auch nur einen Fingerbreit schmaler geworden war. (Was aber auch kein bisschen wichtig war, weil nämlich in Wirklichkeit die inneren Werte zählen – und innen drin ist Nuca schöner und schlanker und überhaupt viel fantastischer als alle ~~blöden~~ Supermodels dieser Welt zusammen! Ätsch!)

Stattdessen mampfte sie wie gewohnt auf einem Kaugummi rum und schlang ihren Arm um mich. Dabei sah ich, dass sie einen Verband am Handgelenk trug.

„Hattest du einen Unfall?", fragte ich besorgt, weil man das als Schwesterherz eben so macht.

Nuca grinste und schüttelte schmatzend den Kopf. „Nee, ich wollte nur mein TATTOO schützen. Das wäre sonst doch abgegangen in den Sommerferien!"

Ich wusste gar nicht, was mich in diesem Moment mehr verstörte:

- die Vorstellung, dass Nuca ihr Handgelenk SECHS Wochen nicht gewaschen hatte (wuäh!)

- oder die Tatsache, dass ich **mein eigenes Tattoo** kein bisschen geschützt hatte. Ups ...

Nuca erkannte sofort, dass ich ~~schuldbewusst~~ ein wenig bedröppelt auf mein eigenes leeres Handgelenk blinzelte, aber sie legte mir verständnisvoll die Hand auf die Schulter.

„Kein Problem! Jo hat heute Morgen eine SMS rumgeschickt. Sie hat Nachschub von ihrem Papa dabei und wir treffen uns nach dem Unterricht im Geräteschuppen."

Ihr müsst wissen: Jos Papa ist **Tätowierer** – und er hat für uns **SCHWESTERHERZEN** die weltallerobercoolsten Abziehtattoos entworfen! Die tragen wir, seit wir unsere erste Mission erfüllt haben, und sie sehen ungefähr so aus:

SSTHZ steht (voll geheim!!!) für SISTAHZ, was so viel bedeutet wie *Schwestern*, auch wenn es ein bisschen falsch geschrieben ist. Monti fand den Namen SCHWESTERHERZEN nämlich ~~total kitschig~~ nicht cool genug und nennt uns lieber SICRET SISTAHZ … Tss.

Dass es heute nach der Schule neue Tattoos geben würde, tröstete mich in diesem Moment allerdings **nicht im Geringsten** darüber hinweg, dass ich mal wieder die Einzige war, die Jos SMS nicht bekommen hatte – weil ich nämlich auch die Einzige war, die IMMER NOCH KEIN HANDY besaß! *Woah!!!*

Vor Wut über diese Ungerechtigkeit begann die Beule auf meiner Stirn sofort wieder **wie wild** zu pochen und zu glühen – und genau in diesem Augenblick musste natürlich Monti um die Ecke biegen. War ja so was von klar.

Sie sah wie immer ~~UMWERFEND~~ *ganz okay* aus. Offenbar hatte ihr mordsmäßig reicher Vater ihr ein ~~wunderhübsches~~ Glitzerkleid spendiert, und auf ihrer Stupsnase trug sie eine neue Riesensonnenbrille mit ungefähr HUNDERTTAUSEND Edelsteinen. *Ich hab schon erwähnt, dass Monti es einfach IMMER übertreibt, oder?!*

Außerdem war sie nicht alleine.

Was schon etwas ungewöhnlich war, weil Monti so ~~eingebildet~~ **besonders** war, dass sie eigentlich null Komma keine Freunde hatte …

Auf jeden Fall ging links neben ihr ein Mädchen, das

aussah, als hätte man sie aus einer **MODEZEITSCHRIFT** ausgeschnitten. Schnipp, schnapp.

Sie hatte lange goldblonde Haare, die in der Morgensonne glänzten wie **flüssiges Karamell,** und an ihren Füßen trug sie diese ~~ultracoolen~~ total überbewerteten neuen Riemchensandalen, die jetzt irgendwie alle haben wollten.

Als Monti Nuca und mich bei den Fahrrädern entdeckte, schob sie sich ihre Sonnenbrille aus dem Gesicht und grinste.

„Wen haben wir denn da? Pudelkopf und Rollmöpschen!“, witzelte sie und kräuselte die Nasenspitze.

Ich konnte aber genau erkennen, dass sie sich in Wirklichkeit ~~ein kleines bisschen~~ TOTAL KNALLERMÄßIG freute, uns wiederzusehen!

Auch wenn sie es dem Rest der Welt nicht unbedingt zeigen wollte, war sie nämlich sehr, sehr gerne ein **total geheimes Schwesterherz**. Aber so was von!

Nuca hingegen konnte ihre Freude nicht so dezent zurückhalten. Übermütig stürmte sie auf Monti zu und ~~quetschte~~ drückte sie an sich.

„Wie waren deine Ferien? Warst du wirklich die ganze Zeit in *Amerika?!*“

Monti wollte gerade antworten, da mischte sich plötzlich das Karamell-Mädchen ein: „Sag bloß, du bist mit DENEN DA befreundet?"

Dabei runzelte sie voll übertrieben die Stirn und warf uns einen Blick zu, als hätten wir irgendeinen **GANZ, GANZ FIESEN AUSSCHLAG** im Gesicht. *Pfff*!

Monti sah ~~ein bisschen~~ mächtig ertappt aus und hielt einen Moment die Luft an, als wüsste sie nicht, was sie jetzt sagen sollte. Dann schüttelte sie nervös den Kopf – und zwar **so turboschnell und hektisch,** dass ich schon dachte, er würde ihr gleich wie eine Murmel vom Hals kullern. *Plumps.*

„Quatsch!", stammelte sie schließlich und tat so, als wäre dieser Gedanke total lächerlich. „Wir sind KEIN BISSCHEN befreundet, nicht wahr ...?" Auffordernd blinzelte sie zu Nuca und mir rüber.

Nuca verschluckte sich vor Schreck an ihrem Kaugummi und fing erst mal an zu husten, aber ich wusste sofort, was zu tun war.

„Kein bisschen befreundet, EHRLICH!", bestätigte ich schnell – und das war nicht mal gelogen. Wir waren nämlich ganz ausdrücklich KEINE Freundinnen, sondern eben SUPERGEHEIME GEHEIMSCHWESTERN.

Und das musste ja nicht gleich **jede doofe Honigbirne** wissen! Ätsch!

Karamellköpfchen jedenfalls lachte erleichtert auf und legte Monti die Hand auf den Arm.

„Ein Glück! Ich hab schon befürchtet, du bist doch nicht so cool, wie ich dachte. Wer ist schon freiwillig mit einem EINHORN befreundet?!"

Dabei kicherte sie ~~hochnäsig~~ **VOLL DÄMLICH** und deutete auf die Beule an meiner Stirn. Grmpf.

Monti zögerte kurz, stimmte dann aber in ihr bekloopptes Glucksen ein und verschwand blitzeschnell mit der Neuen im Schulgebäude …

Nuca klappte das Kinn bis aufs Brustbein hinab – und wenn sie ihren Kaugummi nicht vorher schon verschluckt hätte, wäre er ihr jetzt ganz sicher aus dem Mund gefallen. Plopp.

„Heißt das etwa … Monti ist jetzt NICHT MEHR bei uns Schwesterherzen?"

Und obwohl

→ der Einhornspruch ERSTENS auf meine Kosten gegangen war

→ und meine Beule ZWEITENS so pochte, als würde gleich ein LEBENDIGES KÜKEN daraus schlüpfen, schüttelte ich nur den Kopf und musste irgendwie grinsen.

Weil ich mir nämlich ganz felsenfest sicher war, dass das Gegenteil der Fall war: Monti war nicht nur dabei, nein – sie war auch immer noch ganz die Alte! Hehe …

~~KAPITEL 3~~

Klassenreisen und andere Katastrophen

Leider war das aber auch schon die einzige ~~gute~~ **ganz passable** Erkenntnis an diesem mächtig misslungenen ersten Schulmorgen …

Als ich mit Nuca in unser neues Klassenzimmer kam, waren FAST ALLE anderen schon da und hatten die besten Plätze besetzt. Noch viel schlimmer war aber, dass ich die meisten von meinen neuen Mitschülern überhaupt nicht kannte! *Voll blöd!*

Dass Müffelmonster Strunz jetzt unser Klassenlehrer war, war nämlich nicht die einzige Änderung in der siebten Klasse, nein: Die GANZE ~~VERDAMMTE~~ KLASSE wurde neu zusammengesetzt – und ich war mir im Moment überhaupt nicht sicher, ob ich das gut finden würde … *Im Gegenteil!*

Ganz hinten im Klassenraum saß Monti mit Honigköpfchen und zwei anderen ~~superhübschen~~ Mädchen und gackerte vor sich hin, als würde es dafür irgendeinen TOTAL DÄMLICHEN Hühnerpokal geben. *Gacker, gacker!*

Auf einem Platz am Fenster saß Jo, die jetzt immerhin auch in unserer Klasse war, und versenkte ihren Kopf FINSTER in einem Comic-Heft.

Als sie Nuca und mich bemerkte, schob sie sich nur ganz kurz die **schwarze Wollmütze** aus der Stirn und tat dann wieder so, als würde sie lieber eine Handvoll Regenwürmer verschlucken, als auch nur eine Sekunde freiwillig mit uns abzuhängen.

Okay, okay, ich gebe zu: Insgeheim hatte ich mir schon etwas mehr Wiedersehensfreude gewünscht – aber **TIEF IN MEINEM ALLERTIEFSTEN INNEREN** wusste ich natürlich, dass das alles nur **FASSADE** war! Immerhin hatten wir uns vor den Ferien darauf geeinigt, dass wir ganz ausdrücklich eine TOTAL GEHEIME GEHEIMVERBINDUNG waren und der Rest der Welt nicht unbedingt mitkriegen sollte, dass wir zusammengehörten. Weil man im GEHEIMEN nämlich viel, viel besser **PLÄNE** schmieden und ~~Racheaktionen~~ **RETTUNGSAKTIONEN** durchführen konnte.

Und richtig wichtig war sowieso nur eines:

Wir Schwesterherzen hatten den höchst feierlichen

Schwur geleistet, einander im Notfall immer und überall zu helfen und füreinander da zu sein! *Tschakalaka!*

Leider war die **Sitzplatzwahl** wohl kein solcher Notfall …

Jedenfalls waren weder Monti noch Jo auf die Idee gekommen, gute Plätze für Nuca, Smilla und mich frei zu halten. Nur in der alleralleralleresten Reihe waren überhaupt noch DREI STÜHLE frei. *Waaah!*

Eigentlich hatte ich fest auf Smilla gezählt, denn sie war sonst immer ~~strebermäßig früh da~~ **obersuperpünktlich.** Aber heute Morgen fehlte von ihr leider jede Spur – und so blieb Nuca und mir nichts anderes übrig, als uns ganz nach vorne zu setzen. Was wirklich mordsmäßig schlimm war, weil man in der ersten Reihe NICHT NUR:

a) schutzlos den **QUALVOLLEN LASER-BLICKEN** der Lehrer ausgesetzt war, sondern auch

b) dem weltallerschlimmsten Müffelmundgeruch von Herrn Strunz!!! *Iiiek!*

Smilla kam jedenfalls erst fünf Minuten später mit Stanislaus Mathemonster durch die Tür gestolpert. Ihre

Brille saß ~~mal wieder~~ völlig schief auf der Nase und sie war auch sonst ziemlich durch den Wind. (Also Smilla, nicht die Brille natürlich …)

„Tut mir leid", japste sie, während sie sich neben mich auf den letzten freien Platz setzte. „Ich hab heut Morgen ewig gebraucht, bis ich meinen Glücksbringer gefunden hab – und dann hatte ich auch noch einen Platten!!!"

Sie betonte das alles ungefähr so unheilvoll und gruselig, als wäre ihr Elternhaus gerade von einer **GIGANTISCH GROßEN GIFTGASWOLKE** aus Brüderpupsen verschluckt worden. S.O.S.!

Ihr müsst wissen: Wenn Smilla ihren ~~blöden~~ Glücksbringer mal nicht findet, steht für sie immer gleich FELSENFEST, dass in den nächsten Stunden **MINDESTENS** die Welt untergeht!

Was natürlich völlig übertrieben und kein bisschen richtig ist!

Sie hat den Glücksbringer nämlich erst kurz vor den Ferien bekommen, und in all den Jahren davor ist die Welt ja AUCH NICHT untergegangen! Das müsste Smilla eigentlich schon mal aufgefallen sein, weil sie in Wirklichkeit echt oberraktenmäßig schlau ist, aber wenn es um ihren Glückbringer geht, stellt ihr Gehirn irgendwie TOTAL auf stur …

Auf jeden Fall hat sie das ~~oberhässliche~~ Ding von einer WAHRSAGERIN auf dem Jahrmarkt geschenkt bekommen, und die hat gesagt, dass es so etwas wie ein Orakel ist und dass es Smilla ganz, ganz viel Glück bringt – oder eben ganz, ganz viel PECH, wenn sie es mal verlieren sollte! Ist klar …

Das Schlimmste an dem ~~ollen~~ Glücksbringer ist aber, dass er ~~SO UNFASSBAR HÄSSLICH~~ nicht so richtig hübsch ist. Es ist nämlich ein kleines GLASAUGE an einem Anhänger, das zwischendurch **GANZ GRUSELIG** seine Farbe wechselt …

Natürlich glaubte ich im Leben nicht daran, dass dieses ~~blöde~~ Auge Glück oder Pech brachte, und deshalb bohrte ich jetzt auch mächtig vorwurfsvoll nach: „Hätte dein Bruder dich nicht einfach auf dem Gepäckträger mitnehmen können? Dann wärst du **wenigstens pünktlich** gekommen und hättest uns gute Plätze sichern können!"

Schließlich war ich noch immer nicht begeistert davon, jetzt für den Rest des Schuljahres in der ersten Reihe zu sitzen … Grmpf.

Aber als ich Smillas Blick sah, wurde mir gleich klar,

dass das eine ~~total bescheuerte~~ nicht ganz so intelligente Frage war. Weil Smillas Bruder Leo nämlich:

- ERSTENS so schlau war wie die **Löcher im Schweizer Käse** und das Wort *Gepäckträger* nicht mal buchstabieren konnte,

- und er ZWEITENS zu den AMIGOS gehörte!

Und dass die ~~bescheuerten~~ AMIGOS freiwillig einer von uns helfen würden, war ungefähr so wahrscheinlich, wie dass es am Nordpol plötzlich POPCORN schneit …

Ihr müsst wissen: Zu den AMIGOS gehören so ziemlich die **alleroberbekloppptesten Jungs,** die ich kenne – wie zum Beispiel:

- Smillas *Ich-hab-nur-Weißbrot-im-Kopf*-Bruder Leo

- meine vollidiotischen Brüder Neo, Vito und Luke

- Kolja ~~Kacknase~~, der jetzt auch in unsere Klasse geht (buuuuh!)

- Oskar-der-Ochse Dombrowski

- … und noch ein paar andere minderintelligente Fußballkerle.

Seit wir die AMIGOS in einem ihrer letzten Fußballspiele ohne Hosen auf den Bolzplatz hatten laufen lassen (harrharrrrr!), herrschte zum Glück so was wie WAFFENRUHE und sie ließen uns in Frieden mit ihren dämlichen Streichen und ihrem blöden **AMIGO-SCHLEIM**. Aber das hieß eben noch lange nicht, dass die Jungs uns ~~im Notfall~~ bei einem Fahrradplatten auch helfen würden …

Jetzt half erst mal sowieso **NULL KOMMA GAR NICHTS** mehr!

Sobald Monstermund Strunz den Klassenraum betreten hatte, mussten wir uns nämlich alle der Reihe nach vorstellen und Namensschilder aufstellen – dabei macht man so was doch echt nur in der Grundschule!!!

Auf jeden Fall erfuhr ich so, dass das Karamellmädchen PATRICIA hieß, aber lieber *Triiischa* genannt werden wollte. Weil das nämlich angeblich viel **„cooler und internationaler“** klang und sie überhaupt ständig in der Welt herumflog. Bla, bla, blabermann …

Offenbar war *Triiischa* neu in der Stadt und hatte sich mit Lenja, Rike und Monti gleich einen ~~voll dämlichen~~ GACKER-FANCLUB angelacht.

Gut an der neuen Klassenzusammensetzung war natürlich, dass

* Jo

jetzt in unsere Klasse ging und die Schwesterherzen somit auch am Vormittag VEREINT waren! Yes!

Nicht ganz so gut war hingegen, dass

* Kolja ~~Kacknase~~,
* Honigbirne *Triiiischa*
* und unsere Blödi-Brüder Leo und Neo

auch mit dabei waren in der neuen Klasse. Echt blöd …

Aber dann gab es am Ende der Stunde immerhin DOCH NOCH einen klitzeklitzekleinen LICHTBLICK.

„Wie ihr wisst, fahren wir nächste Woche bereits auf **KLASSENREISE**, um uns alle besser kennenzulernen", grinste Mathemuffel Stanislaus, und dabei landete leider ein dicker glänzender Tropfen **LEHRERSPEICHEL** auf meinem Mäppchen. Würgs …

Trotzdem schöpfte ich ein wenig Hoffnung!

Die Klassenreise war nämlich die einzige Sache, die ich so **RICHTIG, RICHTIG GUT** fand an der siebten Klasse!

Und weil ich sie so gut fand, hatte ich Herrn Strunz in den Ferien sogar schon ~~voll strebermäßig~~ ganz verantwortungsvoll ein paar total gute Vorschläge für REISEZIELE über meine Mama zukommen lassen!

Ich wollte schließlich auf Nummer sicher gehen, dass das die WELTALLEROBERCOOLSTE Klassenreise in der Geschichte der Mechthild-Meckermann-Schule werden würde! Jawohl!

Meine ~~total spontane~~ voll durchdachte Vorschlagsliste sah ungefähr so aus:

1. ~~Portugal~~ HAWAII – weil man da 1a wellenreiten kann!!!

2. Irgendwo in der **KARIBIK** – aber auf jeden Fall da, wo man mit **Delfinen** schwimmen kann!

3. **NEW YORK,** weil … na ja, was kann man bei New York schon falsch machen?!

Nach außen hin tat ich natürlich superlässig und kippelte unbeteiligt auf meinem Stuhl, aber insgeheim war ich ~~ziemlich~~ schon ein wenig hibbelig, als Stinkesprudel Stanislaus jetzt hinter die Tafel trat und total GEHEIMNISVOLL den Ort aufschrieb, an den wir nächste Woche fahren würden.

Doch als er endlich die Tafel nach vorne klappte, verging mir nicht nur das Lachen, nein! Ich verlor vor Schreck auch das Gleichgewicht und krachte **MIT KARACHO** auf den Fußboden – vor den Augen all meiner neuen Klassenkameraden. Autsch …

~~KAPITEL 4~~

Bad ~~Ödersen~~ Blödersen!!!

„*BAD ÖDERSEN?!* Der hat doch nicht alle **Tassen im Schrank!!!**"

Obwohl ich WIRKLICH versuchte, gelassen zu bleiben, konnte ich meine Enttäuschung nicht verbergen.

Nuca, Jo und Smilla saßen im Geräteschuppen auf dem Boden und sahen ~~irritiert~~ total besorgt zu, wie ich mir über meine Wunden rieb. Beim Sturz mit dem Stuhl hatte ich mir nicht nur den linken Ellenbogen aufgeschlagen, sondern auch mein Steißbein verletzt – und ich war mir insgeheim sicher, dass es **mindestens** gebrochen war! *Oh ja!*

Außerdem pochte und leuchtete die BEULE auf meiner Stirn wieder, als hätte ich eine Glühbirne verschluckt und könnte jede Sekunde EXPLODIEREN! *Kaboooom!*

Nuca war die Erste, die sich traute, mich anzusprechen. „Willst du vielleicht einen Kaugummi …?"

Ihr müsst nämlich wissen: Für Nuca ist Kaugummi die Lösung für so ziemlich **ALLES**!

Du isst zu viel und fühlst dich einsam?
Kein Problem: Kau einfach einen Kaugummi!

Du bist in einen gigantischen Haufen ~~Kacke~~ Hundekot gefallen und dein Finger ist beim Popeln in der Nase stecken geblieben?!
Halb so schlimm: Wirf einen Kaugummi ein!

Ausschlag, Unfall oder eine voll fiese Invasion von Außerirdischen?! **Lässt sich alles in Luft auflösen – solange du einen Kaugummi dabeihast!**

Mich konnte das jetzt allerdings nicht die Bohne beruhigen. Grmpf …

„Ich weiß nicht", murmelte Smilla versöhnlich und zog ihr Handy aus dem Rucksack. „Vielleicht hat er sich ja einfach verschrieben. Mal ehrlich: So einen Ort wie Bad Ödersen gibt es doch nicht wirklich!"

Aber als sie ein paar Sekunden später das Gesicht hinter ihrer schlauen Brille verzog, wusste ich, dass es

BAD BLÖDERSEN eben doch und WIRKLICH, WIRK-LICH gab! Argh!

„Wird sicher trotzdem ganz lustig", nuschelte Nuca verlegen und schmatzte auf ihrem Kaugummi herum. „Immerhin fahren wir **alle zusammen.**"

Ich war mir aber sicher, dass eine Klassenreise nach *Bad Ödersen von Blödersen* ungefähr so lustig werden würde wie SIEBZEHNTAUSEND Mathestunden am Stück! Nämlich null Komma gar nicht!!!

Jo stieß ein Stöhnen aus und schielte gereizt auf ihre Armbanduhr.

„Soweit ich weiß, sind wir jetzt aber nicht hier, um zuzusehen, wie Bonnie die Pudellocken vom Kopf fliegen, oder?"

Ungeduldig fischte sie die **NAGELNEUEN ABZIEHTATTOOS** aus ihrer rechten Hosentasche und reichte sie einmal reihum.

Nuca begann sofort wie eine Backofenlampe zu strahlen.

„Die sind so, so, soooo cool geworden! Am liebsten würde ich mir das Ding **mitten ins Gesicht** kleben, damit es JEDER sehen kann!"

Jo runzelte irritiert die Stirn und zuckte dann mit den

Schultern. „Meinetwegen kannst du es dir auch an den Hintern rubbeln – Hauptsache, wir fangen jetzt an. Godzilla wartet zu Hause auf mich …"

Was ihr nämlich vielleicht noch nicht über Jo wisst: Nach außen ist sie meistens MÄCHTIG GRUMMELIG – aber **tief in ihrem allerallertiefsten Inneren** hat sie ein monstermäßig großes Herz! Vor allem für Godzilla, das supersüße Ferkel, das sie aus den Fängen total gemeiner Tätowierganoven befreit hat! Tschakalaka!

Dass Jo jetzt aber am liebsten schnell nach Hause wollte, konnte ich trotzdem nicht zulassen – immerhin waren wir noch nicht vollzählig.

„Ohne Monti können wir nicht loslegen. Diese TATTOOSACHE funktioniert nur, wenn wir es **alle gemeinsam** machen!"

Jo rollte mit den Augen und lehnte sich im Kies zurück. „Wir warten aber schon seit zehn Minuten! Wer sagt denn, dass das GIPSBIRNCHEN überhaupt noch kommt?"

Und als hätte sie nur auf ihr Stichwort gewartet, öffnete Monti genau in diesem Augenblick die Schuppentür und huschte hektisch zu uns herein.

Nuca grinste Jo an. „Siehst du! Die Gipsbirne lässt uns nicht hängen! Eine für alle, alle für …"

„Spar dir die Luft zum Kauen, Rollmops!", fuhr Monti ihr atemlos ins Wort. „Ich wollte ja früher kommen, aber es ging nicht!"

Jo konnte sich ein Lächeln nicht verkneifen. „Weil du erst nachsehen musstest, ob dein GEHIRN vielleicht noch an der Garderobe hängt …?"

Und da mussten sogar Nuca, Smilla und ich ein klein wenig kichern. Thihi.

Nur Monti fand das alles natürlich kein bisschen lustig. „Ha, ha, Gruftie Girl! Hast du etwa ein ***neues Witzebuch*** in deiner Dunkelkammer?", konterte sie gereizt und warf dann einen alarmierten Blick durch den Türspalt nach draußen. „Zu deiner Information: Ich musste erst Trischa loswerden, bevor ich herkommen konnte …"

„Klar! Die Karamellbirne würde dir sicher nicht verzeihen, dass du dich jetzt mit einem **wahrhaftigen Einhorn** triffst!", stichelte ich und merkte dann erst, dass Monti die Sache mit meiner Beule offensichtlich wirklich ~~total~~ leidtat …

„Du nimmst mir das doch nicht übel, Pudelkopf?", sagte sie kleinlaut, während sie sich neben mich in den

Kreis setzte. „Ich wollte die Deckung wahren. Und außerdem hatten wir uns vor den Ferien ja darauf geeinigt, dass wir offiziell keine Freunde sind …"

„Solange wir SCHWESTERN sind, hab ich kein Problem", sagte ich lässig und zwinkerte Monti geheimnisvoll zu. Weil das ja nun wirklich das EINZIGE war, was zählte! Ist so!

Allerdings hatte ich zwei Minuten später dann doch noch ein ~~klitzekleines~~ **KOMETENGROSSES** Problem!

Denn als wir uns alle die Tattoos auf das Handgelenk legten, um unsere voll felsenfeste Zusammengehörigkeit zu besiegeln, schob Monti ihr HERZ immer weiter an ihrem Arm hinauf. Hä?!

„Wenn du das Ding noch weiter hochschiebst, verschwindet es irgendwann in deiner Achselhöhle", stellte Smilla fest, und man musste nicht unbedingt oberschlau sein, um zu erkennen, dass sie recht hatte.

Monti rollte mit den Augen. „Ich will eben nicht, dass das Ding gleich JEDEM ins Auge springt! Was, wenn Trischa das Tattoo sieht und Fragen stellt …?"

„Aber wir tragen es doch alle und keine von uns hat Probleme damit", stellte Nuca kauend klar.

„Im Gegensatz zu MIR habt ihr ja auch *keine Freun-*

de!", erwiderte Monti und seufzte dabei total übertrieben. Und noch während wir anderen sie mächtig ungläubig anstarrten, kam ihr offenbar ein neuer ~~voll bekloppter~~ **nicht ganz so schlauer** Gedanke: „Hey! Vielleicht kann Trischa ja auch mitmachen bei den Sicret Sistahz!" Dabei blitzten Montis Augen auf, als hätte sie gerade **höchstpersönlich und ganz alleine** die elektrische Zahnbürste erfunden! Wer's glaubt, wird selig …

„Auf gar keinen Fall!", schoss es umgehend aus meinem Mund heraus. „Der Karamellkopf wird niemals ein SCHWESTERHERZ! Dafür müsstest ihr mich vorher schon umlegen!"

Monti kniff einen Moment lang die Augen zusammen, so als würde sie **ernsthaft** über diese Option nachdenken – aber dann zuckte sie unbeeindruckt mit ihren spitzen Schultern. „Das wäre eh nix geworden. Trischa will nämlich nichts mit euch zu tun haben …"

Bevor Nuca, Smilla oder ich noch etwas VOLL SCHLAUES erwidern konnten, schob sich Jo drängelnd die Mütze aus dem Gesicht.

„Wunderbar! Dann wäre das ja geklärt und wir können endlich loslegen!"

Und weil sie dabei so **FÜRCHTERLICH FINSTER** in die Runde guckte, traute sich keine mehr zu widersprechen. Selbst Monti rubbelte sich das ULTRAGEHEIME SCHWESTERHERZ, ohne zu murren, mitten auf das Handgelenk. Haaa!

Als ich hinterher mit Smilla mein Rad nach Hause schob, bemerkte ich, dass sie irgendwie ~~ein bisschen~~ MORDSMÄẞIG schweigsam war. Und weil Smilla nicht nur ein Schwesterherz war, sondern auch meine AAAB-FADGWW, musste ich der Sache natürlich umgehend auf den Grund gehen. „Alles in Ordnung bei dir?"

Smilla zögerte einen Moment und schob sich dann ihre Brille zurecht.

„Ich weiß nicht. Ich hab irgendwie so ein komisches Gefühl ..."

„Vielleicht sind das ja eingeklemmte Blähungen!", konterte ich schlau, weil ich das nämlich neulich erst irgendwo gelesen hatte. „Das fühlt sich ganz merkwürdig an im Bauch, und man weiß erst, was los ist, wenn es **ORDENTLICH KRACHT!**" Boom!

Und während ich das sagte, straffte ich stolz die

Schultern, weil normalerweise ja Smilla die Blitzbirne von uns beiden war. Sie war nämlich schlauer als wir alle zusammen – und das, obwohl sie vor ein paar Jahren mal eine Klasse übersprungen hatte und deshalb vor den Sommerferien erst **ELF** geworden war! Echt jetzt!

Nun schüttelte sie aber nur unbeeindruckt den Kopf. „Nee, das sind keine Blähungen …“

„Bist du *sicher?*“, hakte ich nach und versuchte dabei zu klingen, wie ein **oberlehrerhafter Oberlehrer.**

Smilla hielt kurz die Luft an – und dann platzte es aus ihr heraus: „Ich hab das Gefühl, irgendwas stimmt nicht zwischen uns **SCHWESTERHERZEN!** Jo verhält sich merkwürdig – und Monti redet immer nur von dieser Trischa. Vielleicht … stecken die **SICRET SISTAHZ** ja in einer Krise?“

Eine *Krise?!*

Pah! Typisch Smilla …

Ihr müsst wissen: Der Nachteil, wenn man so schlau ist, ist, dass man seine Gefühle nicht mehr richtig verstehen kann. Weil Gefühle nämlich nicht aus dem Kopf kommen, sondern **aus dem Bauch** – selbst dann, wenn es sich nicht um **BLÄHUNGEN** handelt! Ist so!

Deshalb konnte ich jetzt auch ganz entschieden über Smillas Sorgen hinweglachen. „Unsinn!“, erwiderte ich und legte ihr aufmunternd meinen Arm um die Schultern. „Zwischen uns Schwesterherzen ist alles bestens! Wir gehören zusammen wie Pommes und Ketchup!“

„Aber mein **GLÜCKSBRINGER** hat auch so etwas angedeutet …“, seufzte Smilla und blinzelte mich dabei ziemlich geheimnisvoll an.

„Dein **Glücksbringer** kennt sich mit uns Schwesterherzen ungefähr so gut aus wie ich mich mit MATHE“, lachte ich auf und schüttelte den Kopf. „Glaub mir einfach: Mit den SICRET SISTAHZ ist alles in bester Ordnung!“

Smilla zögerte einen Moment, nickte dann und bemühte sich zu lächeln.

Und ich lächelte zurück!

Was aber in Wirklichkeit ~~ziemlich schwer~~ gar nicht so einfach war – weil sich nämlich irgendwo **ganz, ganz tief** in meinem Inneren der klitzewinzigkleine VERDACHT regte, dass vielleicht doch was dran war an Smillas Sorgen. Aber vielleicht waren das AUCH nur eingeklemmte Blähungen … *Seufz.*

~~Kapitel 5~~

Alles im Koffer, nix im Lot

Wenn eine Situation so richtig, richtig doof ist, kann man ~~eine Handvoll Dinge~~ nur ZWEI SACHEN machen:

a) Entweder man ärgert sich, bis man grün und schwarz wird und einem monstermäßig hässliche EITER-FURUNKEL im Gesicht wachsen

b) oder man nimmt die Sache ganz lässig hin und versucht, DAS BESTE daraus zu machen.

Was die Klassenreise nach **Bad ~~Blödersen~~ Ödersen** betraf, entschied ich mich natürlich für ~~die Furunkel im Gesicht~~ die zweite Variante. *Lässig, lässig.*

Nuca hatte ja recht: Immerhin waren wir SCHWESTERHERZEN vereint – was sollte da schon schiefgehen?

Dummerweise liefen die Tage VOR der Klassenreise schon mal nicht ganz so berauschend …

Jo hatte **MÄCHTIG SCHLECHTE LAUNE**, und keine von uns

traute sich, sie anzusprechen, weil wir nämlich befürchteten, dass sie uns

a) beim ersten falschen Wort die Nase abbeißen oder

b) mit Zement an den Füßen im Schulteich versenken würde.

Schuld an ihrer ~~nicht so guten~~ OBERMIESEN Stimmung war kein Geringerer als:

MATHEMONSTER STANISLAUS!

Unser neuer Klassenlehrer hatte nämlich ausdrücklich darauf hingewiesen, dass **HAUSTIERE** auf der Klassenfahrt nicht erlaubt waren, und Jo schien das ~~schon ein bisschen~~ **MORDSMÄßIG** zuzusetzen!

Als ich sie nämlich direkt nach der entsprechenden Ansage fragte, wer sich dann um GODZILLA kümmern würde, knurrte sie mich nur an wie ein TOLLWÜTIGER Hund: „GEHT DICH NICHTS AN, PUDELKOPF!!!" Und dann war sie erst mal weg und ging mir auch die nächsten Tage voll ignorant aus dem Weg … Hmpf.

Auch Smilla war ~~TOTAL MIES~~ nicht so richtig gut drauf. Herr Strunz hatte nämlich nicht nur Haustiere verboten, sondern auch die Mitnahme von HANDYS.

Na ja, für mich war das nicht so ein großes Problem, weil ich ja **IMMER NOCH KEIN** eigenes Handy hatte! Gemein!

Für Smilla allerdings war das eine KATASTROPHE! Sie hatte am Ende der Ferien nämlich an irgendeiner ~~öden~~ MATHEOLYMPIADE teilgenommen und wartete sehnsüchtig auf eine Rückmeldung. Mit jedem Tag, der verstrich, wurde ihre Laune schlechter …

„Was ist, wenn die sich erst melden, während wir auf Klassenreise sind?", blaffte sie mich eines Morgens auf dem Schulweg an. „Dann kriege ich **NICHT MAL MIT**, dass ich es in die zweite Runde geschafft habe, verpasse die Chance meines Lebens und ende vermutlich als schlecht bezahlte Assistenzkraft in einem drittklassigen Mittelstandsunternehmen! Dabei hat mir mein Glücksbringer doch eindeutig prophezeit, dass ich dazu bestimmt bin, irgendwann die **WELTHERRSCHAFT** an mich zu reißen!!!" Hä …?

(Ich hakte an dieser Stelle lieber nicht weiter nach, weil mir einige Dinge, die in Smillas oberschlauem

Kopf vorgingen, schon ein bisschen ~~Angst machten~~ MERKWÜRDIG vorkamen …)

Nuca hatte jedenfalls auch nicht viel mehr Glück als der Rest von uns – im Gegenteil!

Im Sportunterricht sprang sie beim Geräteturnen nämlich viel zu spät ab und knallte VOLLE KANNE gegen einen Springbock. Dabei flog ihr nicht nur ihr Kaugummi (eigentlich verboten!) aus dem Mund und landete mitten im Gesicht von Kolja ~~Kacknase~~, nein, Nuca purzelte auch so ungeschickt über den Turnhallenboden, dass sie sich beide Handgelenke verstauchte. Autsch!

Sie durfte zwar trotzdem noch mit auf die Klassenreise, trug aber an beiden Gelenken **DICKE VERBÄNDE**, die ihr geliebtes SCHWESTERHERZEN-Tattoo verdeckten und sie bei allen möglichen Dingen einschränkten. Und das fand Nuca ~~so richtig beschissen~~ echt schade …

Nur Monti schien es irgendwie ganz gut zu gehen.

Obwohl ich das eigentlich gar nicht so ganz genau sagen konnte, weil sie nämlich ~~nur selten~~ **KEIN EINZIGES WORT** mit uns wechselte. Stattdessen gackerte sie lieber mit Karamellbirne *Triiischa* um die Wette und zeigte uns die kalte Schulter … Tss.

Und obwohl ich mich selbst nicht die Bohne auf Bad Ödersen freute, war ich dann doch irgendwie erleichtert, als es endlich losging.

Ich war mir nämlich **ganz felsenfest** sicher, dass ein neues Abenteuer die SCHWESTERHERZEN wieder zusammenschweißen würde und Smillas ~~blödes~~ Glücksauge ABSOLUT KEIN BISSCHEN richtig lag mit seiner ~~oberblöden~~ *Krise!* Tschakalaka-ding-dong!!!

Das erste Abenteuer begann dann tatsächlich auch schon am Abend, bevor wir losfuhren. Allerdings war es leider nicht so richtig toll oder sonst irgendwie erhebend, es ging nämlich um:

MEINEN KOFFER!!!

Na ja, genau genommen war es nicht ***mein*** Koffer – und eben darin bestand das PROBLEM!

Ich besaß nämlich nicht nur:

- kein eigenes Zimmer
- kein eigenes Handy

- und <u>kein</u> eigenes Pferd,

sondern auch <u>KEINEN</u> EIGENEN KOFFER! Boah!

Deshalb musste ich mich absprechen mit PAPA (der Gepäck für seinen Nachdreh brauchte) und NEO (der ja **LEIDER** auch mitfahren würde nach *Bad Blödersen*, weil er eben **LEIDERLEIDER** auch in meiner Klasse war!!!) Grmpf.

Für mich war diese Absprache klar wie die <u>weltallerklarste Kloßbrühe</u>:

Weil ich die einzige DAME war, die einen Koffer brauchte, durfte ich auch **zuerst** wählen. Ihr wisst schon, LADYS FIRST und so …

Für meine ~~voll bekloppten~~ **minderintelligenten Brüder** sah die Sache allerdings anders aus. Anstatt mir <u>GENTLEMEN-mäßig</u> den Vortritt und die erste Wahl zu lassen, stellte Luke mir **GANZ HINTERHÄLTIG** ein Bein, als ich mir den Koffer aus dem Keller holen wollte. Ich klatschte daraufhin ~~mächtig ungeschickt~~ nicht ganz elegant hin, Neo zischte an mir vorbei und schnappte sich lachend den größten und schönsten und neuesten Koffer. Voll fies!

Trotzdem beschloss ich, die Sache LÄSSIG aufzufassen, und mir dann eben den zweitgrößten und zweitschönsten und zweitneuesten Koffer zu nehmen – aber als ich den Keller endlich erreichte, war der **GAR NICHT MEHR DA!** Waaah!

Natürlich stolperte ich sofort zurück in die Wohnung und heftete mich an Mama, denn das ging ja mal so überhaupt nicht.

„Dein Vater hat sich den Koffer schon genommen", erklärte sie mir, während sie einen Haufen **DEUTSCHAUFSÄTZE** auf ihrem Schreibtisch hin- und herschob. „Nimm doch einfach den alten!"

Sie sagte das ungefähr so, als wäre es nicht schlimm, den alten Koffer zu nehmen – dabei war das SCHLIMMER ALS DURCHFALL UND ZAHNSCHMERZEN ZUSAMMEN!!! Argh!

Ihr müsst nämlich wissen: Unser alter Koffer ist **UNFASSBAR HÄSSLICH UND OBEROBERPEINLICH!!!**

Er ist nicht einfach nur schwarz oder grau, sondern KNALLROT – und er hat überall bunte Autos und Teddys und Blumen drauf!

Auf jeden Fall war klar, dass eine zwölfjährige Dame von Welt **(= ICH!!!)** nicht mit so einem ~~voll kindischen~~

Kinderkoffer nach Bad Ödersen fahren konnte! Nie und nimmer nicht!!!

„Kann Neo den alten Koffer nicht nehmen?!", schlug ich deshalb meiner Mama vor.

Aber die sagte mal wieder das, was sie **immer** sagte, wenn sie eigentlich ~~keine Lust keine Zeit~~ irgendwas anderes VOLL UNWICHTIGES zu tun hatte, nämlich:

„Macht das unter euch aus!" Typisch Mama …

Nur weil ich von meinen ~~voll ignoranten~~ Eltern mal wieder keine Hilfe erwarten konnte, wollte ich natürlich trotzdem ABSOLUT KEIN BISSCHEN akzeptieren, den blöden Kinderkoffer zu nehmen und mich für alle Zeiten vor der **gesamten siebten Klasse** zu blamieren!

Deshalb schlich ich mich VOLL SCHLAU und mucksmäuschenheimlich an Neos Koffer heran, als mein Zwillingsbruder aufs Klo ging, und fing an, seine Sachen wieder auszupacken. Thihi.

Na ja, *„auspacken"* ist vielleicht nicht ganz der richtige Begriff …

In Wahrheit riss ich seinen Koffer vom Sessel, entleerte den Inhalt auf dem Kinderzimmerboden und hastete schnell wie der Wind zu meinem Kleiderschrank. Tschakalaka!

Dabei stellte ich mich zwar wahnsinnig geschickt an – hatte aber blöderweise vergessen, dass ich ja noch zwei andere Brüder hatte. Mistekiste!

Vito hatte mich nämlich GANZ HINTERHÄLTIG beim ~~Kofferentleeren~~ Auspacken beobachtet und umgehend den AMIGO-Alarm ausgelöst! Blitzeschnell standen all meine Brüder vereint in der Zimmertür und richteten ihre SCHLEIMPISTOLEN auf mich!

Ich konnte nicht mal mehr die Hände vors Gesicht halten, da landeten schon **HUNDERTZILLIONEN TONNEN** Schleim auf mir!

Aber nicht nur auf mir, nein – Ü.B.E.R.A.L.L. im Zimmer!!!

Unser Hochbett, die Schreibtische, Stühle, Sessel, Schränke, ja, ALLES wurde innerhalb weniger Sekunden unter einem Berg von Amigo-Schleim begraben! Würgs!

Das Allerallerallerschlimmste war aber: Selbst die Koffer blieben nicht verschont! Sowohl der neue Koffer als auch das ~~oberhässliche~~ Teddymodell wurden von oben bis unten eingesaut!

„Die beiden Koffer könnt ihr vergessen!", motzte Mama, nachdem sie uns wegen der SCHLEIMSAUEREI erst ordentlich zusammengestutzt und dann zu einem Monat Fernsehverbot verdonnert hatte.

„Selbst wenn ihr die Dinger wieder sauber kriegt – trocken sind sie bis morgen auf keinen Fall!“

„Aber wo soll ich denn dann meine Sachen einpacken?“, hakte ich vorwurfsvoll nach. Und irgendwie hatte ich SOFORT das ungute Gefühl, dass ich die Frage bereuen würde …

Als Mama nach zwei Minuten zurück ins Kinderzimmer kam, verging auch Neo die gute Laune und sein Gesicht wurde so grün wie der Schleim, der von seiner Pistole tropfte. „Sind das etwa … **PLASTIKTÜTEN?!**“

Er hatte recht, ja, das WAREN Plastiktüten, aber eben nicht *irgendwelche!* Sie stammten aus dem holländischen Supermarkt, in dem Papa immer einkaufte, wenn er unsere Oma Trixi besuchte – und einfach überüberall auf den Tüten stand der VOLL PEINLICHE Name des Ladens in riesengroßen neonbunten Buchstaben:

POOPJE!

(Was ungefähr so ausgesprochen wird wie *Puupje*, was wiederum irgendwie so klingt wie *PUUPS!* Aaaargh!)

Mama ließ die riesigen Säcke vor uns auf den Boden segeln. „Die sind groß genug – da passt sicher all euer Zeug rein."

„Auf gar keinen Fall!", protestierte ich schnell und verschränkte trotzig meine Arme vor der Brust. „Ich fackel mir lieber meine Haare ab, als dass ich mit so einer **PUUPS**-Tüte verreise!!!"

Leider zeigte sich Mama nicht besonders beeindruckt von meiner VOLL ERNST GEMEINTEN Drohung. Stattdessen zuckte sie nur mit den Schultern. „Tu, was du nicht lassen kannst, Bonnie. Aber pass auf, dass die Vorhänge dabei kein Feuer fangen – ich muss jetzt nämlich **ENDLICH MAL** meine Aufsätze korrigieren!"

Und dann war sie einfach weg.

Und ich hatte natürlich kein bisschen Lust, mir die Haare **tatsächlich** abzufackeln. Weil ein PUDEL OHNE HAARE ja wohl noch ~~dämlicher~~ weniger gut aussieht als ein Pudel mit abstehenden Locken ... Grmpf.

Und so kam es, dass ich am nächsten Morgen mit einer VOLL PEINLICHEN POOPJE-Plastiktüte auf Klassenreise fuhr und mir beim besten Willen nicht vorstellen konnte, dass es irgendwie NOCH SCHLIMMER werden könnte.

Aber ich hatte ja keine Ahnung … *Seufz.*

* * *

~~KAPITEL 6~~

S.O.S. mit Hindernissen

Natürlich blieb mein ungewöhnliches Gepäckstück am nächsten Morgen nicht unbemerkt. Ich war zwar ~~extra oberüberstreberfrüh~~ ECHT PÜNKTLICH an der Schule, um mein Gepäck gleich als **Allerallererste** unbemerkt in den Bus zu verfrachten – aber es brachte leider nichts.

Weil der Bus nämlich GAR NICHT DA WAR und viel, viel zu spät kam! *Voll doof*!

Aber es wurde noch schlimmer!

Denn als der Bus endlich am Horizont auftauchte, passte er nicht in die Sackgasse, in der unsere Schule lag, und wir mussten uns unser Gepäck schnappen und an der Schule vorbei die ganze UNENDLICH LANGE Straße hinabschleppen!

Und dabei bekam natürlich jeder mit, dass die hässliche Tüte mit dem POOPJE-Aufdruck mir gehörte! *Waaaah*!

Wenigstens trauten sich die AMIGOS nicht zu lachen,

weil Neo ja die gleiche Tasche hatte und einer von ihnen war.

Aber Karamellköpfchen *Triiischa* konnte sich einen dämlichen Kommentar natürlich nicht verkneifen, als sie mit ihrem ~~ultrateuren~~ völlig mittelmäßigen Goldköfferchen an mir vorbeistolzierte.

„**Poooooopje?** Ich glaub, von dem Laden hab ich schon mal gelesen. Kann man sich da nicht so Cremes kaufen, wenn man diese **JUCKENDEN ZAPFEN** am Hintern hat?"

Sie sagte das **SO LAUT,** dass es natürlich die GANZE ~~VERDAMMTE~~ Klasse mitbekam und anfing zu kichern.

Na ja, alle bis auf die AMIGOS, Smilla und Nuca zumindest. Und Jo kicherte auch nicht, weil sie nämlich

1. sowieso (fast!) niemals kichert und

2. irgendwie mit ihrer **eigenen Reisetasche** beschäftigt war.

Die schien mächtig schwer zu sein und außerdem ein bisschen sperrig … Hm.

Monti und die anderen Glitzergirls jedenfalls gackerten gleich drauflos, auch wenn Monti dabei mitleidig den Mund verzog.

Als sie sich ihre OBERRIESENEDELSTEINSONNEN-BRILLE noch tiefer ins Gesicht zog, fiel mir auf, dass sie am rechten Handgelenk ein Schweißband trug – und zwar genau da, wo wir unser Tattoo hingeklebt hatten! Und dabei hatte sie heute GANZ OFFENSICHTLICH nicht vor zu schwitzen!!! Boah!

Als sie meinen Blick bemerkte, zog sie die Hand jedenfalls ganz blitzeschnell zurück und schob sie in ihre Jackentasche.

„Ich glaub, das EINHORN ist ***neidisch*** auf dein Outfit", witzelte Karamellbirne *Triiischa* und puffte Monti TOTAL DÄMLICH in die Seite.

Und weil Monti irgendwie schon wieder nicht wusste, was sie sagen sollte, übernahm ich die Sache eben selbst: „Ich bin höchstens neidisch auf Montis praktischen Rollkoffer! Mit so einem Teil hätte ich jetzt nämlich die Hände frei – und dann könnte ich **deine bekloppten Haare am Busscheibenwischer festknüpfen!**" Swish, swish!

Jetzt mussten auch alle lachen – sogar die anderen Honigbirnen kicherten unkontrolliert mit. Aber natürlich verstummten sie ganz schnell wieder, als sie *Triii-schas* ~~empörten~~ DÜMMLICHEN Blick sahen.

Und mir verging das Lachen leider auch ganz schnell wieder – weil nämlich nicht nur meine Mitschüler gehört hatten, was ich gesagt hatte, sondern auch **MUFFELMÄUL-CHEN STANISLAUS**. Und der bestand

- ERSTENS darauf, dass ich mich umgehend bei *Patricia* **entschuldigte**

- und entschied ZWEITENS, dass ich den Bus erst als ALLERLETZTE betreten durfte. Dabei war ich doch ganz eindeutig <u>kein bisschen</u> schuld an der ganzen Auseinandersetzung! Unfair!!!

Diskutieren wollte ich mit Herrn Strunz aber auch nicht, weil das nämlich bedeutet hätte, dass ich ganz, GANZ LANGE seinen **TOTAL FÜRCHTERLICHEN MUNDGERUCH** hätte einatmen müssen. Und dann wäre ich wahrscheinlich entweder:

a) lila angelaufen – oder

b) tot umgekippt – oder

c) erst lila angelaufen und DANN tot umgekippt!

Und weil ich auf all das irgendwie gut verzichten konnte, entschuldigte ich mich eben ~~mürrisch~~ total großmütig und wartete, bis alle anderen im Bus waren. Grmpf.

Wenigstens konnte ich diesmal auf Smilla zählen – sie hielt mir nämlich **VOLL NETT** den Platz neben sich frei.

Nuca hatte auch einen Platz frei gehalten in der Reihe hinter Smilla, und zwar für JO – aber die setzte sich lieber ganz allein in eine der vorderen Reihen und legte vorsichtig **ihre sperrige Reisetasche** neben sich auf den Platz am Fenster.

„Warum hast du die Tasche denn nicht ins Gepäckfach getan?", hakte ich neugierig nach, als ich an ihr vorbei auf Smilla und meinen Platz zuging. Aber anstatt zu antworten, knurrte Jo nur einmal MÄCHTIG FINSTER auf und warf mir einen Blick zu, als wollte sie sich gleich in meinen Augenbrauen verbeißen. Grrr!

Und da bin ich dann doch lieber schnell weitergegangen …

Monti saß natürlich hinten bei *Triiischa* und den anderen Honigbirnen, und sie blätterten in irgendeiner total bekloppten Zeitschrift und gackerten die ganze

Zeit, als würde ihnen jemand die Fußsohlen mit einer HÜHNERFEDER kitzeln. Kicher, kicher.

Jedenfalls lief der Rest der Busfahrt dann ganz ruhig ab. Herr Strunz erzählte über den Lautsprecher von all den *SUPERTOLLEN* Dingen, die wir auf der Klassenreise unternehmen würden, damit wir uns alle *NOCH BESSER* kennenlernen und an unserem TEAMGEIST arbeiten könnten. Und überhaupt wäre Bad Ödersen der perfekte Ort, um so **RICHTIG VIEL** Spaß miteinander zu haben! Bla, bla, blabsikowski ...

Und dann stellte er uns noch **FRAU LIPSKI** vor.

Auf jede Klassenreise müssen nämlich immer ein Mann und eine Frau als Begleitung mitkommen, und das war eigentlich auch fair, weil Männer ja meistens nicht die Bohne verstehen konnten, was für uns Mädchen WIRKLICH WICHTIG war!

Das Merkwürdige war nur: Ich hatte vorher gar nicht gewusst, dass Frau Lipski eine FRAU war! Ups ...

Sie hatte nämlich ECHT kurze und ECHT wenig Haare auf dem Kopf, dafür hatte sie aber einen ~~Bart~~ **Flaum über der Oberlippe**. Außerdem war sie ~~**mordsmäßig dick**~~ ein bisschen kräftiger gebaut, und ihre Wangen hingen in den Mundwinkeln so komisch runter wie bei diesen sabbernden großen Riesenhunden. Deshalb fiel es Frau Lipski vermutlich auch schwer, zwischendurch mal zu lächeln. Die Arme …

Während Frau Lipski jedenfalls irgendwas ins Mikrofon grummelte, plünderten Nuca, Smilla und ich die Süßigkeiten, die wir heimlich in unsere Rucksäcke geschmuggelt hatten, und dabei mussten wir Nuca immer wieder mit Brausepulver füttern, weil sie ja noch die Verbände vom missglückten Bocksprung an den Handgelenken hatte.

Nach ungefähr einer Stunde hielt der Bus plötzlich an, und ich wollte mir gerade meinen Rucksack schnappen und nach draußen schlurfen. Doch als mein Blick durchs Fenster fiel, war ich ~~ein bisschen~~ **vollkommen geschockt.** Und zwar weil:

BAD ÖDERSEN TATSÄCHLICH NOCH VIEL, VIEL HÄSSLICHER WAR, ALS ICH ES MIR IN MEINEN KÜHNSTEN ALBTRÄUMEN VORGESTELLT HATTE!!!

Offenbar bemerkte Smilla das BLANKE ENTSETZEN in meinem Gesicht und zog mich zurück auf den Platz. „Das hier ist nur eine **Tankstelle,** Bonnie", sagte sie beruhigend und rückte sich ihre Brille zurecht.

Und im nächsten Moment trällerte Stanislaus Strunzkopf auch schon ein voll peinliches „PINKELPAUSE!" durch den Lautsprecher. Puh!

Ich war jedenfalls mächtig erleichtert. Weil ich nämlich

a) froh war, dass wir an diesem schrecklichen Ort nicht die ganze Woche verbringen würden und

b) ich jetzt gerade nicht mal ansatzweise pinkeln musste! Bingo!

Außer Smilla und mir stieg aber die ganze Klasse aus.

Na ja, FAST die ganze Klasse …

Jo blieb nämlich felsenfest auf ihrem Platz sitzen und drückte krampfhaft ihre Tasche an sich. Und dabei funkelte sie so düster mit ihren Augen unter der Wollmütze hervor, dass sich niemand traute, sie anzusprechen.

„Findest du nicht, die benimmt sich irgendwie merkwürdig? Ich habe das Gefühl, sie verbirgt irgendwas vor uns ...", flüsterte Smilla mir zu und rieb dabei über ihr ~~blödes~~ Glücksauge.

Aber ich runzelte nur die Stirn und grinste. „Nenn mir mal **einen Tag**, an dem Jo sich NICHT merkwürdig benimmt!"

Und damit hatte ich natürlich ~~VOLLE KANNE~~ recht, das musste auch Smilla einsehen. Ist so!

Dass wir den Bus jetzt fast für uns alleine hatten, war auf jeden Fall ziemlich praktisch. Mir kam nämlich die ~~fiese~~ VOLL GUTE IDEE, mal schnell einen geheimen Blick in *Triiischas* Rucksack zu werfen. (Und vielleicht das eine oder andere **BENUTZTE TASCHENTUCH** darin zu deponieren – aber pssst! Thahaaaa!)

Leider kam ich nicht besonders weit mit meinem superguten Plan, weil plötzlich Nuca wie ein aufgescheuchter Bienenschwarm zurück in den Bus schoss – und dabei war sie ziemlich außer Atem!

„**NOTFALL!!!**", japste sie, und ich war mir nicht sicher, ob sie nicht gerade an einem ihrer Kaugummis erstickte ...

„Was 'n für 'n Notfall?", kam Smilla mir verwundert zuvor.

Nuca stützte sich mit den verbundenen Handgelenken an einer der vorderen Sitzreihen ab und blinzelte erst zu Jo und dann zu Smilla und mir rüber.

„MONTI ...!“, presste sie zwischen ihren bebenden Lippen hervor.

Jo schob sich genervt die Wollmütze aus der Stirn. „Was ist mit Gipsbirnchen? Hat sie sich im Klo verlaufen?“

Nuca schüttelte hastig den Kopf und schnappte weiter nach Luft.

„Sie hat das Klo gefunden – aber offenbar ist ihr was SCHLIMMES passiert! Als alle anderen die Toilette verlassen hatten, hat sie mir nämlich ganz deutlich und **voll, voll panisch** unter der Kabinentür zugezischt, dass sie HILFE braucht!“

Ich runzelte verstört die Stirn. „Die denkt jetzt aber nicht, wir kommen und wischen ihr den Hintern ab, oder?“ Iiieks!

Nuca zuckte mit den Schultern und winkte uns mit ihren verbundenen Handgelenken zu sich. „Keine Ahnung! Auf jeden Fall hat sie das SCHWESTERHERZEN-S.O.S. abgesetzt! Und das können wir doch nicht einfach ignorieren!“

„Also, ich würde das ganz gut schaffen ...", gab Jo zu bedenken und wollte gerade wieder unter ihrer Mütze abtauchen.

Aber ich wusste ~~insgeheim~~ NATÜRLICH SOFORT, dass Nuca recht hatte.

Und deswegen stieß ich auch einen oberlauten Seufzer aus und marschierte nach vorne auf sie zu.

„Eine für alle, alle für eine!", verkündete ich, als ich neben Nuca stand und Smilla und Jo einen auffordernden Blick zuwarf. „Und in diesem Fall ist *EINE* eben Monti ..."

Smilla zögerte einen Augenblick, und ich sah genau, dass sie heimlich an ihrem Glücksauge rieb. Dann nickte sie zustimmend und stellte sich zu uns. „Dafür sind wir SCHWESTERHERZEN schließlich da, oder?"

Entschlossen streckte sie ihre Hand nach vorne und wartete, bis Nuca und ich es ihr gleichtaten. Gemeinsam starrten wir Jo an. Und zwar so lange und so eindringlich, dass sie irgendwann gar nicht mehr anders konnte, als selber aufzustehen und ihre Hand auf unsere zu legen. *Yes!*

Uns war egal, dass sie dabei ~~irgendwie total grummelig~~ nicht besonders begeistert aussah, und auch, dass sie ihre merkwürdige Reisetasche eng an sich drückte.

Jetzt zählte nur, dass wir eine neue MISSION hatten, oh ja!

Eine von uns war in Not – und wir anderen würden lieber eine Handvoll Mehlwürmer verdrücken, als ihr nicht zu Hilfe zu eilen! Tschakalaka!

~~KAPITEL 7~~

Ein voll ~~beschissener~~ nasser Notfall

Als WIR VIER zu den Toiletten hinüberhuschten, kam uns bereits ein Großteil der restlichen Klasse entgegen. Zum Glück waren wir so oberagentenmäßig professionell, dass uns keiner bemerkte.

Na ja, vielleicht interessierten sich die anderen auch einfach nicht für uns – aber das war jetzt nebensächlich!

Wichtig war nur, dass wir uns ungestört um unsere ultrageheime Geheimmission kümmern und Monti aus ihrer Notsituation retten konnten! Bäm!

In meinem Kopf spielten sich bereits die abenteuerlichsten Gefahren ab, in die unser SCHWESTERHERZ geraten sein konnte:

1. Monti war auf dem Weg zur Toilette in ein **GIGANTISCHES SPINNENNETZ** geraten und rang nun auf Leben und Tod mit einer zwei Meter großen Mördertarantel!

2. Monti hatte hinter einer losen Toilettenkachel die lang verschollene Seekarte zu einem Schatz von unvorstellbarem Reichtum gefunden und wurde nun von einer Handvoll blutrünstiger Tankstellenpiraten bedroht, die ihr nach dem Leben trachteten!

3. Während Monti gepinkelt hatte, war plötzlich ein neunarmiger Riesenoktopus aus der Kloschüssel emporgeschossen und versuchte nun, sie in die **Tiefen der Tankstellenkanalisation** zu entführen! Waaaah!!!

Als wir die Damentoilette endlich erreichten, stellte sich allerdings schnell heraus, dass ich mit meinen Vermutungen ~~ein kleines bisschen~~ VOLLE KANNE danebenlag! Monti kämpfte nicht um ihr Leben, nein, sie war noch nicht mal in echter Gefahr … Grmpf.

„Seid ihr das?", zischte sie uns unter der Toilettentür zu, als wir geheimnisvoll gegen die einzige verschlossene Kabine geklopft hatten.

„Nee, wir sind vier Kamele aus dem Morgenland", erwiderte Jo genervt und rollte mit den Augen.

„Na endlich!", motzte Monti und drehte den Schlüssel im Schloss. „Ich dachte schon, ihr kommt gar nicht mehr!"

Und als sie die Tür geöffnet hatte, sahen wir, dass sie

a) weder *verletzt* noch

b) *verwundet* oder

c) sonst *irgendwie tot* war! Nicht mal ein klitzekleines bisschen …

Stattdessen fuhr sie sich total gereizt durch die Haare. „Wofür sind die SCHWESTERHERZEN schon da, wenn nicht für einen ECHTEN NOTFALL, nicht wahr?"

Smilla, Nuca, Jo und ich warfen uns einen ~~dümmlichen~~ **leicht irritierten** Blick zu.

„Und … wo ist dieser Notfall?", hakte Nuca schließlich zaghaft nach.

Monti starrte uns an, als hätten wir Frischkäse auf den Augen, und deutete mit ihren Fingern auf die Kloschüssel.

Unsicher beugten wir uns über die Klobrille – und dann sahen wir es …

„Ist das etwa …?"

„Deine SONNENBRILLE?!", beendete Smilla meinen Satz. *Wuäh!*

Monti stieß einen tiefen Seufzer aus und nickte betroffen. „Eine Katastrophe, oder? Ich wollte gerade die Klobrille desinfizieren, da ist mir die Brille vom Kopf gerutscht und **mitten ins Becken** gefallen!"

Sie sagte das ungefähr so, als hätte sie nicht ihre ~~blöde~~ Sonnenbrille, sondern gleich ihren KOMPLETTEN RECHTEN ARM verloren. *Voll übertrieben!*

„Ich bin so froh, dass ihr endlich hier seid!", säuselte sie theatralisch, während wir anderen sie ungläubig anstarrten. „Also: Wie sieht euer Plan aus, Sistahz?" Grinsend schob sie sich das Schweißband vom Handgelenk und hielt ihr Tattoo in die Höhe.

„WIE UNSER PLAN AUSSIEHT?!" Jo kniff fassungslos ihre Augen unter der Wollmütze zusammen und presste ihre Reisetasche an sich.

„Wenn es nach MIR geht, versenken wir dich jetzt kopfüber in dieser Kloschüssel und drücken so lange auf den Abzug, bis du auf der anderen Seite der Welt wieder an Land gespült wirst, du GIPSBIRNE!!!"

Montis Lächeln erlosch **schneller als die Kerze** auf irgendeiner billigen Geburtstagstorte.

„Aber … wir sind die SICRET SISTAHZ! Wir helfen einander im Notfall, das war der Deal!"

Ich pustete mir ungläubig eine ~~nervige~~ Locke aus dem Gesicht. „Eine Brille, die ins Klo fällt, ist aber kein Notfall!" Echt jetzt!

„Das ist nicht *irgendeine* Brille", konterte Monti und verschränkte ernst die Arme vor der Brust. „Die hab ich von meinem **DÄÄÄD aus New York!** Und sie ist echt, echt wertvoll!"

Jo funkelte sie an. „Meinetwegen könnten das auch die Kronjuwelen der Königin sein – aber ich fische ganz sicher KEINE BEKLOPPTE BRILLE aus dem Klo!" Würgs!

Smilla blickte unsicher auf das Glücksauge in ihrer Hand. „Warum hast du denn nicht einfach Trischa und die anderen Mädchen gefragt, ob sie dir kurz helfen können? Ist doch keine große Sache …"

„Bist du **wahnsinnig** geworden, Einstein?!" Monti riss erschrocken die Augen auf. „Trischa darf NIEMALS erfahren, dass meine Brille im Klo gelandet ist – dann hält sie mich für dämlich und eklig und uncool und guckt mich mit dem ~~Arsch~~ Hintern nicht mehr an!" Wie bitte?!

Ich runzelte ungläubig die Stirn. „Aber du sagst doch, ihr seid Freundinnen …"

Monti rollte mit den Augen, als hätte ich wirklich überhaupt keine Ahnung vom echten Leben. „Glaub mir, Pudelkopf! Es gibt eben Dinge, die teilt man mit seinen Freunden – und andere, die man besser verschweigt. Und DAS hier ...", sie deutete auf die Sonnenbrille im Klowasser, „ist eindeutig ein Fall für die SCHWESTERHERZEN! Eine für alle, alle für MICH, oder?"

Erwartungsvoll blickte sie in unsere Gesichter.

Während Jo verärgert den Kopf schüttelte und Nuca sich ratlos mit ihrem Verband an der Stirn kratzte, warfen Smilla und ich uns einen Blick zu.

Dann seufzte ich schließlich. „Ist gut. Wir helfen dir – aber hinterher sollten wir dringend definieren, was ein ECHTER NOTFALL ist!" *Aber so was von!*

Monti grinste erleichtert, auch wenn Jo so aussah, als würde sie gleich unter ihrer Wollmütze **explodieren.**

„Und wie machen wir es?", fragte Nuca vorsichtig nach und hob ihre beiden Verbände in die Höhe. „Ich kann da jedenfalls nicht reinfassen ..."

„Ich hacke mir lieber die Hände ab, als in Montis Pipi zu greifen!", stellte Jo entschlossen klar, und keine von uns zweifelte daran, dass sie das sehr, sehr ernst meinte. *Und wie!*

Monti streckte ihr eingeschnappt die Zunge raus. „Zu deiner Information, Gruftie Girl: Ich habe da nicht reingepinkelt! Die Brille ist schon vorher runtergefallen …“

„Ob reingepinkelt oder nicht“, mischte ich mich entschlossen ein. „Keiner von uns fasst da rein!“

„Und wie willst du das kostbare Stück dann rausholen, Pudelkopf?“ Monti runzelte die Stirn und blinzelte mich erwartungsvoll an.

Ich reichte diesen erwartungsvollen Blick gleich an Smilla und ihr Glücksauge weiter – weil die schließlich schlauer war als wir alle zusammen! (Also Smilla natürlich, nicht das Auge!) Ist so!

Und tatsächlich blitzte nach ein paar Sekunden ein ~~ganz guter~~ VOLL INTELLIGENTER Gedanke hinter ihrer Brille auf!

„Wir könnten es mit einem Lineal versuchen!“ Neugierig drehte sie sich zu Jo um. „Hast du vielleicht irgendwas Ähnliches in deiner Tasche?“

Jo presste ~~feindselig~~ misstrauisch die Augen aufeinander und funkelte Smilla an: „Geht dich **gar nichts** an, was ich in meiner Tasche habe!“ Und weil sie dabei wirklich sehr, sehr wütend aussah, traute sich keine von uns, weiter nachzuhaken … Schade.

„Dann suchen wir draußen einen kleinen Ast oder so", schlug Smilla vor. „Im Gebüsch neben der Tankstelle finden wir sicher was Passendes."

„Ich mach das schon!", verkündete Nuca blitzeschnell und huschte aus der Toilette.

Smilla, Jo, Monti und ich blieben allein zurück, und irgendwie wusste keine so richtig, was sie sagen sollte.

Und so ganz, ganz langsam beschlich mich das **doofe Gefühl**, dass Smilla und ihr ~~blödes~~ Auge tatsächlich recht hatten und wir SCHWESTERHERZEN vielleicht ganz eventuell doch in einer klitzeklitzekleinen Krise steckten ... Grmpf.

Aber musste das auch gleich unser Ende bedeuten? Auf gar keinen Fall – fand ich zumindest ...

Immerhin hatte ich zwölf unendlich lange Jahre darauf gewartet, Schwestern zu haben – und jetzt würde ich sie ganz sicher **nicht kampflos** aufgeben! Das war mal klar!

Doch bevor ich meine Geheimschwestern davon unterrichten konnte, dass wir dringend an unserer Schwesternschaft arbeiten mussten, stolperte Nuca zurück ins Klo. Zum zweiten Mal an diesem Tag war sie mächtig außer Atem! Hechz!

„Wolltest du nicht ein **STÖCKCHEN** holen?", stichelte Monti, während sie auf Nucas leere Hände deutete.

Nuca schnappte nach Luft. „Ja, ich ... da draußen gibt es genug Stöcke. Aber jetzt gerade haben wir ein anderes Problem!"

Jo verdrehte die Augen und presste ihre merkwürdige Tasche an sich. „Sag bloß, es gibt einen weiteren Notfall wie die Brille! Hast du vielleicht deinen Kaugummi in einem Gully verloren?"

Nuca schüttelte den Kopf und verzog unglücklich das Gesicht. „Nein, ich fürchte, das hier ist ein echter Notfall ..." *Oha.*

„Ein echter Notfall?" Unsicher zog ich die Augenbrauen zusammen. Nuca sah nämlich wirklich **mordsmäßig besorgt** aus.

„Welcher Notfall könnte schlimmer sein als meine Brille?", hakte Monti ungehalten nach.

„Na ja ..." Nuca presste die Lippen aufeinander. „Als ich rausgelaufen bin, um einen Stock zu suchen, da habe ich gesehen, dass ..."

Sie hielt die Luft an, als könnte sie die ganze Sache noch ungeschehen machen, indem sie nicht darüber sprach.

„Dass *was* …?“, bohrte Smilla weiter und klammerte sich dabei an ihrem Glücksauge fest.

Und im nächsten Augenblick platzte es aus Nuca heraus: **„Dass unser Bus ohne uns losgefahren ist …“**

~~KAPITEL 8~~

Verschollen – irgendwo im Nirgendwo!

„Die sind **ECHT** ohne uns weg???"

Monti konnte es nicht fassen, als sie gemeinsam mit uns auf den Parkplatz gerannt war. Am Horizont ließ sich nicht mal mehr eine Staubwolke erahnen, die der Bus beim Wegfahren zurückgelassen hatte … Boah!

„Aber … das kann nicht sein!", stellte Smilla fest, und sie klang dabei ~~VOLL MONSTERMÄßIG~~ fast ein wenig panisch. „Die müssen doch durchzählen, bevor sie losfahren! Da fehlen fünf!!!"

Jo schnalzte unbeeindruckt mit der Zunge. „Wenn die neuen Freundinnen von Gipsbirne das Zählen übernommen haben, wundert mich gar nichts …"

Monti wollte gerade etwas ~~mächtig Böses~~ erwidern, aber dann fiel ihr wohl ein, dass die Sache **tatsächlich** irgendwie einen Haken hatte, der uns allen ziemlich offensichtlich war: Selbst wenn *Triiischa* und ihre Honigbirnen das Zählen NICHT übernommen hatten, dann hatten sie doch zumindest kein bisschen Notiz davon genommen, dass MONTI fehlte ... Autsch.

„Sind ja echt tolle Freundinnen ...“, rutschte es mir raus, aber Monti zuckte nur eingeschnappt mit den Schultern.

„Ihnen fällt sicher bald auf, dass ich nicht da bin! Ich leiste nämlich einen wichtigen Beitrag zu unseren Diskussionen!“

Und als wir sie alle mit hochgezogenen Augenbrauen anstarrten, fügte sie eingeschnappt hinzu: „Und außerdem hab ich die besten **ZEITSCHRIFTEN** in meinem Rucksack! Die mit den Artikeln über Marvin Klüver zum Beispiel – das ist dieser supersupersüße Schauspieler!“

Na dann ...

Leider war der Beitrag, den Monti unter ihren neuen Freundinnen leistete, dann wohl doch nicht so groß, als dass sie ihre Abwesenheit schnell bemerkt hätten.

Die nächste halbe Stunde warteten wir nämlich ~~VOLLKOMMEN HILFLOS UND VERZWEIFELT~~ VERGEBLICH auf die Rückkehr des Busses!

Selbst Smilla wurde irgendwann wütend und trat verärgert gegen eine Mülltonne. Leider war die Mülltonne voll fest am Boden festgeschraubt und bewegte sich keinen einzigen Zentimeter von der Stelle – nur Smillas Fuß tat hinterher mächtig weh. Argh!!!

„Daran ist einzig und allein **Herr Strunz** schuld!", fluchte sie, während sie auf dem gesunden Fuß auf- und abhüpfte wie ein Flummi. „Wenn er uns nicht verboten hätte, unsere Handys mitzunehmen, dann könnten wir ihn jetzt einfach anrufen! Oder besser gleich die Schulaufsicht! Welcher Klassenlehrer vergisst schon seine Schüler an einer Autobahntoilette? Ich hätte einfach auf meinen **Glücksbringer** hören und zu Hause bleiben sollen!" Grummel, grummel!

Und damit hatte sie natürlich vollkommen recht.

Also nicht mit dem blöden Auge und so – aber mit dem, was Herrn Strunzkopf betraf!

Herr Stanislaus war **GANZ OFFENSICHTLICH UND OHNE ZWEIFEL** eine Vollniete als Klassenlehrer. Und auf Herrn Frau Lipski konnten wir auch nicht zählen … Tss.

Aber tief in meinem allertiefsten Inneren hatte ich das natürlich schon vorher gewusst. Darum beschloss ich, die Situation zu unseren Gunsten auszunutzen. Immerhin war ich BONNIE VAN CLOYD – die voll schlaue und mächtig gut aussehende Gründerin der TOTAL GEHEIMEN SCHWESTERHERZEN! Yes!

„Wir sollten einfach das Beste draus machen", schlug ich deshalb ganz lässig vor.

„Und was ist bitte das Beste an all dem hier?", hakte Jo grummelig nach.

Was natürlich mal wieder typisch schwarzmalerisch war!

Weil es nämlich so ungefähr SIEBENUNDDREIßIGZILLIONEN Situationen gab, die viel, **VIEL SCHLIMMER** gewesen wären, als zu fünft an einer Tankstelle im Nirgendwo vergessen worden zu sein – wie zum Beispiel:

- mit **STANISLAUS MUFFELMUND** in einer ECHT ENGEN Abstellkammer eingeschlossen zu werden und zwei Stunden die Luft anhalten zu müssen! Ürgs.

- in einen riesengroßen Küchenmixer zu fallen und mit einem Mal beide Arme und Beine zu verlieren! *Aua!*

- als <u>einziges Mädchen</u> neben drei Brüdern überleben zu müssen – OHNE ein eigenes Zimmer, ein eigenes Pferd und ein eigenes iPhone! (Moment – das **IST** ja mein Leben!!! *Waaaah!!!*)

Auf jeden Fall war ich jetzt gerade mit Abstand am gelassensten von uns allen.

„Lasst uns erst mal Montis Sonnenbrille aus dem Klo fischen", sagte ich ganz ruhig. „Und dann finden wir schon eine Lösung, wie wir hier wegkommen." *Alles easy* …

Das mit der Brille war tatsächlich erstaunlich einfach.

Jo konnte leider nicht mithelfen, weil sie nämlich ihre Reisetasche immer noch **total krampfhaft** an sich drückte, als hätte sie darin ungefähr DREIHUNDERT MILLIONEN EURO von einem Raubüberfall, die sie jetzt auf keinen Fall verlieren wollte.

Aber Nuca fischte einen echt guten Ast aus dem Gebüsch am Rand des Parkplatzes, und mit dem angelten Smilla und ich dann voll geschickt die ~~blöde~~ ULTRAWERTVOLLE Sonnenbrille aus der Kloschüssel – und dabei kamen wir uns mächtig superheldenhaft vor! *Tschakalaka!*

Smilla hatte dann sogar noch die **total gute Idee,** die Brille am Ast im Waschbecken abzuspülen und hinterher unter dem Fön zu trocknen.

Als wir nach der gelungenen BRILLENRETTUNGS-

AKTION endlich wieder hinaus ins Sonnenlicht traten, war vom Bus leider immer noch nichts zu sehen. Dabei war mittlerweile schon eine GANZE STUNDE verstrichen! Grmpf …

Und ich weiß gar nicht, was mich mehr wurmte:

- dass unsere ~~total bekloppte~~ Klasse uns nicht an irgendeinem cooleren Ort (wie zum Beispiel HAWAII!!!) vergessen hatte

- oder dass tatsächlich ~~keinem Schwein~~ keinem unserer Mitschüler auffiel, dass wir fehlten! Ignoranten!

„Daran müssen wir <u>ganz dringend</u> was ändern, wenn wir wieder bei der Klasse sind!", verkündete ich ~~ziemlich~~ ein bisschen großspurig.

„Woran …?", hakte Smilla irritiert nach, weil sie den oberschlauen Gedankengang in meinem Kopf ja nicht gehört hatte.

„Daran, dass wir denen überhaupt nicht fehlen! Wir sind schließlich die TOTAL GEHEIMEN SCHWESTERHERZEN – und als solche müssten wir für alle U.N.E.N.T.B.E.H.R.L.I.C.H. sein!" Jawohl!

„Ich weiß nicht", gab Monti zu bedenken. „Immerhin sind wir ja eine *geheime* Vereinigung. Da wäre es doch eigentlich blöd, wenn alle Bescheid wüssten …"

Damit hatte sie **LEIDER** recht, und deshalb konnte ich auch nicht mit den Augen rollen. Blöd …

Aber ich wusste, dass wir dieses Problem ohnehin würden lösen müssen – und jetzt war ~~ein guter~~ der perfekte Zeitpunkt, um damit anzufangen! Weil wir sonst nämlich ohnehin nichts anderes tun konnten, als

- ~~Däumchen zu drehen~~
- ~~in der Nase zu popeln~~
- auf unsere total bekloppte Klasse zu warten!

„Wir sollten die Sache noch mal gründlich überdenken."

Nuca blinzelte mich erschrocken an. „Du willst die **SCHWESTERHERZEN** wieder auflösen?" Dabei klang sie ungefähr so gelassen, als hätte ich ihr gerade einen ANGELHAKEN durchs Ohrläppchen gezogen. Autsch!

„Unsinn, ich will niemanden auflösen!", beruhigte ich sie schnell wieder.

Trotzdem zögerte ich einen klitzekleinen Moment, bevor ich den anderen mitteilte, was mir auf dem Herzen lag. „Ich denke nur, wir sollten in Zukunft vielleicht doch nicht mehr so total **undercover** unterwegs sein."

„Nicht mehr *undercover* ...?" Monti blinzelte mich dämlich verständnislos an.

„Das heißt so viel wie ***im Untergrund***", übersetzte Jo mürrisch für sie, und Monti zischte empört zurück: „Ich weiß, was undercover heißt! Falls du es vergessen hast: Mein DÄÄÄÄD ist Amerikaner! Ich verstehe nur nicht, was der Pudelkopf uns damit sagen möchte!"

Ich stieß einen Seufzer aus. „Na ja, vielleicht sollten wir doch nicht ganz so geheim sein, wie wir es am Anfang geplant haben. Denn wenn wir immer so oberobergeheim unterwegs sind, kriegen wir am Ende **SELBST** nicht mehr mit, dass wir SCHWESTERHERZEN sind!"

Bäm! Das hatte (irgendwie) gesessen ...

Nuca, Smilla, Jo und Monti starrten mich jedenfalls an, als hätte ich mir soeben einen Klostein auf die Nase gesetzt. Wäääh!

„Aber wenn wir nicht mehr geheim sind, dann würden ja alle wissen, dass wir zusammengehören!" Monti schien davon ~~kein bisschen~~ nicht so richtig begeistert zu sein.

„Das stimmt", gab ich ihr recht. „Aber vielleicht wäre das ja auch ganz hilfreich. Denkt doch mal an die AMIGOS: Die pinkeln sogar gemeinsam in den Schnee, um aller Welt zu zeigen, dass sie zusammengehören – und alle haben mächtig Respekt vor ihnen!"

Smilla kratzte sich irritiert am Kopf. „Du willst, dass wir gemeinsam in den Schnee *pinkeln* …?"

„Nein!", erwiderte ich entschlossen, weil das natürlich überhaupt **kein bisschen** das war, was ich wollte! Und dann rollte ich noch mal extraauffällig mit den Augen, um Smilla zu zeigen, dass ich WIRKLICH etwas mehr Mitdenken von ihr erwartet hätte, immerhin war sie sonst die *weltoberallerschlauste Blitzbirne!* Aber echt!

„Ich will nur, dass wir auch vor allen anderen zueinanderstehen, ganz ohne Geheimnisse! Dann könnten wir wahrscheinlich auch viel mehr bewirken – für uns und für alle SCHWESTERHERZEN dieser Welt!" Tschakalaka!

Daraufhin sagte erst mal keiner was.

Stattdessen blickten alle nur ~~ein bisschen dümmlich~~ **SEHR, SEHR** konzentriert in der Gegend rum.

Dann verzog Monti ihren Mund. „Das Risiko ist ganz schön hoch. Ihr vier habt ja keinen Ruf zu verlieren – aber bei mir sieht das anders aus! Was sollen meine neuen Freundinnen dazu sagen, dass ich mit euch unter einer Decke stecke?"

„Du meinst die Freundinnen, die nach einer Stunde immer noch nicht bemerkt haben, dass sie dich in der Toilette vergessen haben?", fragte Jo und musste dabei sogar ein klein wenig grinsen. Tihihi.

Monti wollte natürlich gleich etwas Fieses erwidern, aber sie kam nicht dazu. Weil sie nämlich plötzlich *ganz merkwürdig* die Nasenspitze rümpfte und angewidert in der Gegend rumschnüffelte.

„Sagt mal: Hat sich eine von euch **in die Hosen gekackt?**" Wie bitte?!

Irritiert runzelten wir anderen die Stirn, aber dann rochen wir es auch!

Ja, irgendwas lag in der Luft – und es roch verdächtig nach ~~Kacke~~ Stuhlgang.

Verwundert checkten wir unsere Schuhsohlen und versuchten herauszufinden, woher der ~~GESTANK~~ unangenehme Geruch kam – aber Fehlanzeige! Keine von uns war in einen Hundehaufen getreten. Hm …

Aber wer oder was roch dann so mächtig mies nach ~~Kacke~~ Kot?

Plötzlich deutete Nuca mit ihrer verbundenen Hand auf Jo. „Kann es sein, dass … jemand in deine Tasche gemacht hat?"

„Was?!" Jo funkelte sie einen Moment ganz finster an – aber dann kam ihr offenbar ein Gedanke, denn plötzlich verzog sie unglücklich das Gesicht. „Oh Mist!", sagte sie, und ließ vorsichtig die schwere Reisetasche von ihren Schultern gleiten.

Und als sie langsam den Reißverschluss aufzog, schlug uns nicht nur ein mächtig stinkiger Gestank entgegen, sondern noch eine ganz andere SAUEREI … Oink, oink!

KAPITEL 9

Voll die Schweinerei!!!

„Du hast GODZILLA in deiner Reisetasche **mitgeschmuggelt?!"**

Ich versuchte natürlich, C.O.O.L. zu bleiben, klang dabei aber eher wie eine hysterische Katze, der man gerade auf den Schwanz getreten war. Miauuu!

Jo zuckte beleidigt mit den Schultern und hob ihr Ferkel aus seinem Versteck. „Was hätte ich denn sonst machen sollen? Herr Strunz hat ja VERBOTEN, dass wir unsere Haustiere mitnehmen!"

„Du hättest Godzilla zum Beispiel zu Hause lassen können!", schlug Smilla vor.

„Das ging aber nicht!", pfefferte Jo schnippisch zurück, und erst als wir sie alle sehr eindringlich anstarrten, verzog sie unglücklich das Gesicht und rückte mit der Wahrheit raus: „Meiner Oma geht's nicht so gut im Moment. Und mein Papa hat so viel mit ihr zu tun, dass er Godzilla gerne in Pflege geben möchte …" Oh nein!!!

Diese Information machte mich

a) **mordsmäßig traurig**, weil Jos Oma echt nett war und ich wusste, dass Jo sehr an ihr hing, aber

b) gleichzeitig auch ganz schön wütend!

Weil es nämlich ERSTENS kein bisschen okay war von Jos Papa, ein unschuldiges Ferkel wegzugeben, und Jo ZWEITENS kein einziges winzig kleines Wort über all das verloren hatte – obwohl wir doch SCHWESTERHERZEN waren und in der Not immer Seite an Seite standen! *Boah, ey!*

Offenbar merkte Jo, dass ich verärgert war, denn sie verzog auf einmal ganz kleinlaut den Mund und murmelte: „Ich hatte keine andere Wahl, als Godzilla mitzunehmen. Er kann doch unmöglich im Tierheim enden!"

Das stimmte natürlich, aber trotzdem war ich immer noch ein bisschen wütend.

„Diese ganzen Geheimlichkeiten müssen endlich ein Ende haben!", verkündete ich entschlossen, und diesmal traute sich keine mehr, mir zu widersprechen. *Ha!*

„Wir hätten schon eine Lösung für Godzilla gefunden!", belehrte ich Jo weiter und fühlte mich dabei durchaus etwas oberlehrermäßig. „Er hätte zum Beispiel bei Smillas Familie bleiben können!"

Im nächsten Moment fiel mir aber ein, dass das wohl doch keine so gute Idee gewesen wäre. Weil Smillas Mama zwar ziemlich cool war, aber schon mal ECHTES PFERDEGULASCH gekocht hatte! Aus ECHT ECHTEM PFERDEFLEISCH! Waaaaaaaaah!!!

Nicht auszudenken, was sie mit einem kleinen süßen Ferkel angestellt hätte …

Offenbar kam Smilla derselbe schreckliche Gedanke, denn sie blinzelte auf einmal ganz gequält durch ihre schlaue Brille und sagte: „Aber bei Monti hätte Godzilla doch bleiben können! Die haben diese riesige Dachterrasse!"

Und damit hatte sie natürlich SO WAS VON RECHT! Das Luxuspenthouse, in dem Monti mit ihrer Mutter lebte, hatte nämlich **WIRKLICH** eine riesige Terrasse! Und wie!

Aber Monti schüttelte nur den Kopf. „Keine Chance! Meine Ma nimmt es mir immer noch übel, dass *Angela Merkel* vor den Ferien in unseren Pool gekackt hat …"

Ihr müsst wissen: Mit *Angela Merkel* meinte Monti **nicht** unsere BUNDESKANZLERIN! (Wäre ja auch voll schräg, wenn die bei Monti in den Pool gemacht hätte! Thihi!)

Nein, Monti sprach von dem Zwergpony, das wir kurz vor den Ferien in **unserer allerallerersten Mission** aus den Fängen einer ganz fiesen Gefangenschaft befreit hatten!

Das Pony hieß nämlich *Angela Merkel!* Und die Gefangenschaft hatte sich im Nachhinein als doch nicht soooo fies herausgestellt.

Aber in den Pool gekackt hatte Angela Merkel trotzdem … Hmpf.

Und deswegen konnten wir es Montis Mama jetzt auch nicht so richtig verübeln, dass sie nicht gleich wieder ein Tier auf ihrer schicken Dachterrasse beherbergen wollte. Auch wenn's irgendwie ECHT schade war …

„Seht ihr!", fasste Jo trotzig zusammen. „Es gab wirklich keine andere Möglichkeit, als Godzilla mitzunehmen! Eigentlich ist er ja auch ganz brav und stubenrein, aber in all der Aufregung um Montis *Toilettennotfall* hab ich vergessen, dass er auch mal sein Geschäft erledigen muss …" Unglücklich sah sie in ihre Reisetasche hinab.

Und das war echt kein schöner Anblick.

Weil nämlich alles darin – und ich meine ALLES – irgendwie monstermäßig ~~vollgekackt~~ vollgeschmiert war … Buäääh!

„In Bad Ödersen gibt es bestimmt eine Waschmaschine", versuchte Smilla Jo aufzumuntern, und Nuca mischte sich gleich auch noch ein:

„Du kannst Klamotten von mir haben! Ich hab genug Zeug dabei!"

Doch bevor Jo sich bedanken konnte für dieses absolut großzügige Angebot, sprang Godzilla auf einmal von ihrem Arm und rannte wie vom wilden Hafer gestochen über den Tankstellenparkplatz! Quiiiiiek!

Jo sprang natürlich gleich hinterher, und weil das so ansteckend war, eilten Smilla, Nuca und ich auch sofort los. Nur Monti blieb wie angewurzelt stehen.

„Hey! Wo wollt ihr denn hin?!"

„Keine Ahnung!", brüllte Jo ihr atemlos zu, während sie hinter Godzilla herjagte. „Aber bring bitte meine Tasche mit!"

Und ich musste mich nicht mal mehr umdrehen, um

zu sehen, dass Monti in diesem Moment **mordsmäßig** wenig begeistert aussah … Hehe.

Wir anderen hatten jetzt aber keine Zeit, empfindlich zu sein – Godzilla war nämlich raketenmäßig schnell! Wie ein rosafarbener Blitz zischte er um die Mülltonnen herum und steuerte direkt auf eine der Zapfsäulen zu, an der ein kleiner grüner Lieferwagen stand. Dabei quiekte er ganz aufgeregt (also Godzilla, nicht der Lieferwagen!) und verschwand schließlich unter dem rostigen Fahrgestell. Mist!

Als Jo, Smilla, Nuca und ich bei der alten Klapperkiste ankamen, sahen wir, dass der Fahrer offenbar gerade zum Zahlen in der Tankstelle war. Vorne auf den Sitzen war jedenfalls keine Menschenseele.

Dafür tobte hinten auf der Ladefläche das Leben! Aber hallo!

Während Jo oberultravorsichtig unter den Wagen kroch und den aufgeregten Godzilla hervorzog, warfen Smilla, Nuca und ich einen ~~neugierigen~~ agentenmäßigen Blick durch die lockeren Holzlatten.

„Das ist ja eine RIESENSAUEREI“, stellte ich fest und war mächtig stolz darauf, dass ich es so treffend formuliert hatte: Hinten auf der Ladefläche des alten

Lieferwagens drängten sich nämlich so ungefähr **VIERZEHNTAUSEND** Schweinebabys.

Na ja, vielleicht *nicht ganz* vierzehntausend …

Aber auf jeden Fall viel zu viele für so wenig Platz! Woah!

Neben den Ferkeln entdeckten wir außerdem noch

- zwei Ziegen,
- ein Lämmchen
- und eine Handvoll Kaninchen!

„Das gibt's doch nicht!", stellte Jo ~~verärgert~~ ungläubig fest, als sie wieder unter dem Fahrzeug hervorgekrabbelt war und mit uns zwischen den Holzlatten durchlinste. „Die Armen kriegen ja GAR KEINE LUFT!" Aber echt!

Smilla nickte zustimmend und tätschelte Godzilla. „Kein Wunder, dass der Kleine die Fährte aufgenommen hat – immerhin könnte das hier seine FAMILIE sein!"

„Kann mir mal einer verraten, was das hier werden soll?!"

In diesem Moment stand plötzlich Monti hinter uns. In den Händen hielt sie Jos stinkige Reisetasche.

Jo kniff entschlossen die Augen zusammen. „Das hier wird eine SCHWEINERETTUNGSAKTION!", presste sie zwischen ihren Zähnen hervor und zog uns ganz blitzeschnell hinter die Zapfsäule. Weil sie nämlich genau gesehen hatte, dass in diesem Augenblick der Fahrer des Transporters aus der Tankstelle kam!

Er trug einen ~~schmuddeligen~~ ausgebeulten Jogginganzug und hatte ~~furchtbar fettige~~ strähnige Haare, die an seiner Stirn klebten wie ein verrutschter Fahrradhelm. Iiiek.

Monti verzog das Gesicht. „Der arme Kerl könnte dringend mal eine Outfitberatung gebrauchen …"

„Der Kerl könnte eine TRACHT PRÜGEL gebrauchen!", erwiderte Jo und drückte Nuca Godzilla in die verbundenen Hände. „Und zwar eine, die **sich gewaschen hat!**"

Nuca blinzelte verstört. „Du willst den jetzt aber nicht wirklich verprügeln, oder?"

Auch wir anderen blickten Jo verunsichert an, bis sie endlich den Kopf schüttelte. „Nein, auch wenn er es so was von verdient hätte! Aber ich habe eine **bessere Idee!**"

Und noch bevor wir nachfragen konnten, was sie

meinte, drückte sie sich geheimnisvoll den Finger auf die Lippen und begann zu flüstern. „Du versteckst dich mit Godzilla da hinten im **Gebüsch**", sagte sie zu Nuca. *Geheim, geheim.*

„Und warum kann ich nicht bei euch bleiben?", hakte Nuca nach und wirkte fast ein bisschen eingeschnappt.

„Weil du ERSTENS verletzt bist, und wir ZWEITENS vielleicht ziemlich schnell weglaufen müssen!"

„*Weglaufen?!* Ich kann aber nicht schnell laufen mit deiner **STINKETASCHE**!", meckerte Monti los, aber Jo legte auch ihr schnell den Finger auf den Mund.

„Dann gehst du eben jetzt schon mit Nuca ins Gebüsch! Sicher ist sicher!"

„Und was machen wir?", fragte ich ultraoberleise, als Monti mit Nuca und Godzilla davongeschlichen war.

„Wir befreien die Ferkel!", verkündete Jo entschlossen und schob sich ihre Mütze noch ein bisschen tiefer ins Gesicht.

In diesem Moment hörten wir, wie der Fahrer des Lieferwagens die Tür öffnete und sich ächzend auf seinen Sitz hievte. *Uff!*

„**JETZT!**", zischte Jo und schoss schnell wie der Blitz hinter der Zapfsäule hervor. Smilla und ich folgten ihr, als hätte sie gerade den Startpfiff zu einem **Hunderttausendmeterlauf** gegeben. Im Handumdrehen fuchtelten wir an dem alten rostigen Hebel herum, der die Ladeklappe geschlossen hielt.

„Das Ding *klemmt!*", presste Smilla angestrengt zwischen ihren Zähnen hervor.

Auch Jo erkannte, dass wir so nicht weiterkommen würden – zumindest nicht schnell genug! Der ~~schmuddelige~~ Fahrer startete nämlich bereits den Motor des Lieferwagens! Brrrrumm!!!

Angespannt blickte Jo um sich und griff sich den ~~ekligen~~ SCHEIBENPUTZER, der neben der Zapfsäule in einem Eimer mit Dreckwasser schwamm. Ürgs.

Mit KRÄFTIGEN Schlägen hämmerte sie auf den Hebel ein!

Auf der Ladefläche begannen die Ferkel zu quieken, und die beiden Ziegen stimmten **blökend** mit ein, weil ihnen die Angelegenheit offenbar ein bisschen unheimlich vorkam.

„Du machst ihnen **Angst!**", zischte ich Jo zu, aber in diesem Augenblick gab der Hebel endlich nach und die Ladeklappe sauste mit einem donnernden Schlag nach unten. Rums!

Die Tiere auf der Ladefläche blinzelten uns einen Moment lang ~~total dümmlich~~ **ziemlich verwirrt** an. Aber dann verstanden sie wohl, dass das hier vermutlich die weltallergrößte Chance war, die sie je in ihrem *Schweine-Ziegen-Kaninchen*-Leben erhalten würden – denn plötzlich setzten sich alle gleichzeitig in Bewegung und liefen und hüpften die Ladeklappe herab!

Jo, Smilla und ich halfen ihnen dabei, so gut es ging, und wir fühlten uns dabei mächtig HELDENHAFT! Yay!

Leider blieb unsere **ehrenhafte Rettungsaktion** nicht unbemerkt: Der MEGAMIESE Schmuddelhosenfahrer sprang nämlich ganz plötzlich aus dem Wagen raus – und als er sah, wie wir drei hinten an der Ladeklappe standen und die letzten Tiere in die Freiheit entließen, wurde sein Gesicht plötzlich so rot wie ein entzündeter ~~Affenarsch~~ Pavianpopo. Alarmstufe Rot!

„Spinnt ihr?! Was macht ihr da?!"

Mit großen Schritten sprang er auf uns zu. Smilla und ich liefen sofort los und eilten auf das Gebüsch zu, in dem sich Nuca und Monti versteckten.

Jo aber brachte es nicht übers Herz, die **alleraller-letzten zwei Ferkel** im Lieferwagen zurückzulassen!

Doch während sie den beiden Schweinchen TOTAL

MUTIG in die Freiheit verhalf, hatte der miese Pavianpo sie auch schon erreicht und am Handgelenk gepackt! Oh nein!

Jo strampelte und boxte und trat um sich, aber irgendwie schien der Kerl einen echt EISENHARTEN Griff zu haben, weil sie sich nämlich einfach nicht befreien konnte!

Smilla und ich hatten das rettende Gebüsch fast erreicht – aber als wir sahen, dass Jo in der Falle saß, konnten wir nicht anders, als wieder umzukehren. Immerhin waren wir SCHWESTERHERZEN! Tschakalaka!

„Eine für alle ...“, rief ich, und Smilla beendete meinen Satz: „... und alle für JO!!!“

Und dann warfen wir uns mit Geschrei auf den Kerl in der Schmuddelhose!

Ihr könnt mir glauben: Es war ein Kampf auf Leben und Tod!

Na ja, vielleicht nicht *GANZ* auf Leben und Tod ...

Aber es war auf jeden Fall eine heftige Auseinandersetzung!

Der Typ war nämlich ziemlich kräftig und geschickter, als er zunächst ausgesehen hatte ...

Im Nullkommanichts hatte er auch Smilla am Kragen gepackt und mich irgendwie unter seinen stinkigen Armen eingeklemmt. Würgs!

„Dafür werdet ihr büßen, ihr kleinen Biester! Was fällt euch ein?!"

Smilla jedenfalls fiel im nächsten Moment eine richtig gute Idee ein, und zwar: dem Blödmann VOLLE KANNE in die Hand zu beißen! Haaa!

Tatsächlich schrie er auf und ließ sofort ihren Kragen los!

Doch gerade als Smilla mich befreien wollte, hörten wir plötzlich: die Sirenen!

„DIE POLIZEI KOMMT!", rief Jo und schien darüber nicht gerade glücklich.

Und wir fanden diese Vorstellung auch nicht unbedingt toll – weil:

Wer gerade ohne Erlaubnis eine Wagenladung Tiere von einem fremden Lieferwagen manövriert und einem Mann in die Hand gebissen hat, ist in der Regel nicht so heiß darauf, die Polizei zu sehen ... Im Gegenteil!

In meinem ~~verwuschelten~~ Kopf spielten sich auf jeden Fall sofort die allerwildesten Gefängnisszenen ab.

Ich sah uns SCHWESTERHERZEN schon

* mit kahl geschorenen Köpfen zwischen zwei katzenfleischfressenden Doppelmördern sitzen und
* Mikrowellenessen aus rostigen Aluschalen mampfen, während der Rest der Welt vergaß, dass wir jemals existiert hatten. Waaah!

So kam es dann aber glücklicherweise doch nicht …

Denn als der PAVIANPO den großen Polizeiwagen bemerkte, der auf uns zusteuerte, freute er sich nicht etwa, dass wir jeden Moment **verhaftet** würden, sondern wurde irgendwie selbst ganz käseblass im Gesicht.

„Das hat mir gerade noch gefehlt …", zischte er und ließ von Jo und mir ab, um hastig in seinem Wagen zu verschwinden.

Und dann schoss er mit seiner leeren Klapperkiste davon, als wäre ihm eben ein ganz, ganz wichtiger Termin eingefallen, zu dem er unter keinen Umständen zu spät kommen durfte! Hä?

Er war jedenfalls so schnell weg, dass wir ihm kaum hinterhergucken konnten. Und auch die süßen Tiere waren alle in den umliegenden Gebüschen verschwunden …

Die POLIZISTEN aber waren immer noch da – und sie blickten uns mordsmäßig ernst an. Grad so, als hätten sie genau UNS genau HIER gesucht … Schluck.

~~KAPITEL 10~~

Mit Blaulicht nach Bad ~~Blödersen~~ Ödersen

Ultraobercool daran, mit dem Polizeiwagen zur Klassenreise gebracht zu werden, ist:

- Die AMIGOS werden mottenkugelbleich vor Neid, weil sie nämlich selbst IMMER SCHON MAL mit dem Streifenwagen fahren wollten!

- Du fühlst dich wie ein voll gefürchteter ACTION-HELD, weil auf der Straße alle Platz machen, wenn du mit Blaulicht vorbeiheizt! Swooosh! *(Ist es ein Falke? Ist es ein Komet?! Nein – es sind die SCHWESTERHERZEEEEN!!!)*

Nicht ganz so cool daran, mit dem Polizeiwagen zur Klassenreise gebracht zu werden, ist:

- Nuca muss sich unterwegs auf die Fußmatte übergeben, weil der Streifenwagen so schnell fährt und sie vorher **zu viel Brausepulver** verdrückt hat. Rülps!

- Ihr kriegt monstermäßig ungerechten Anschiss von Klassenmuffel Strunz, weil ihr *EINFACH WEG WART UND NICHT RECHTZEITIG ZURÜCK ZUM BUS GEKOMMEN SEID UND ER FAST GESTORBEN* WÄRE VOR SORGEN, *UND ÜBERHAUPT: ER MUSSTE SOGAR UNSERE ELTERN ANRUFEN!!!* Grmpf.

Dabei war das alles ja nun wirklich überhaupt KEIN BISSCHEN unsere Schuld!

Vor allem nicht das mit dem Bus, weil es jawohl **GANZ EINDEUTIG** zu den Aufgaben eines Klassenlehrers gehört, vernünftig durchzuzählen – besonders dann, wenn man ein MATHELEHRER ist!

Vermutlich war ihm die Angelegenheit deshalb auch so peinlich vor Frau Lipski.

Das Doofe ist nur: Wenn Erwachsenen etwas überoberpeinlich ist und sie genau wissen, dass sie MIST gebaut haben, schieben sie die Verantwortung ~~meistens~~ IMMER von sich und suchen sich einen anderen Schuldigen! Und in diesem Fall waren das eben:

fünf **VOLLKOMMEN UNSCHULDIGE** Schwesterherzen!

Was natürlich monstermäßig ungerecht war! Aber so was von!!!

Wenigstens mussten wir uns um die vielen Tiere keine Sorgen machen. Die Polizei hatte nämlich noch an der Tankstelle die Tierrettung informiert, und die würden die vielen Ferkel ganz sicher blitzeschnell einsammeln. Und auch die Sache mit Godzilla war zum Glück nicht aufgefallen …

Nuca hatte ihn im Tankstellengebüsch heimlich in ihren Rucksack gesteckt – und dafür sogar ihren ganzen Wochenvorrat an Naschis zurückgelassen!

Was natürlich ECHT GROẞZÜGIG und **oberheldenhaft** und voll ultralässig von ihr war! Eine *für alle*!

Als wir nun vor Motzmonster Stanislaus standen, wurde sie aber plötzlich doch noch ganz nervös. Weil ihr nämlich:

1. immer noch ~~KOTZÜBEL~~ etwas mulmig im Magen zumute war, und sie

2. riesenhaften Schiss hatte, dass Godzilla bald wieder sein **Geschäft** erledigen musste und in ihren Rucksack ~~kacken~~ groß machen würde. Iiieks! (Sie hatte nämlich ihre LETZTE Packung Kaugummi da drin, und auf DIE wollte sie nun wirklich nicht verzichten!)

Deshalb trippelte sie jetzt auch ganz unruhig von einem auf den anderen Fuß, und das so lange und so hektisch, dass sie sich am Ende TATSÄCHLICH noch mal übergeben musste – und zwar mitten auf die SPIEGELBLANKPOLIERTEN Schuhe von unserem Klassenlehrer. Tihihi.

Der war davon natürlich ~~ABSOLUT KEIN BISSCHEN~~ nicht so richtig begeistert …

„Ihr geht jetzt SOFORT auf euer Zimmer!!!“, schrie er total hysterisch, und dabei wurde sein Kopf so rot wie eine Herdplatte.

Die Idee mit dem Zimmer fanden wir aber grundsätzlich gar nicht so schlecht – das Problem war nur:

Wir hatten keine Ahnung, wo unser Zimmer war!

Strunzikowski hatte die Zimmereinteilung nämlich gemacht, während wir an der Tankstelle VOLL HELDEN-

HAFT eine Wagenladung Tiere befreit hatten – und dabei hatte er dann wohl auch ENDLICH bemerkt, dass wir fehlten … Tss.

Auf jeden Fall kam jetzt plötzlich *Triiischa* mit ihren zwei Honigköpfen auf uns zugeschossen und packte Monti am Handgelenk.

„Keine Sorge, du schläfst bei uns im Zimmer!" Äh … wie bitte?!?

Nicht nur Smilla, Jo, Nuca und ich starrten entgeistert zur Karamellbirne, nein, auch Monti blinzelte sie ~~dümmlich~~ irritiert an.

„In eurem Zimmer …?", stammelte sie schließlich und wackelte nervös mit der Nasenspitze, weil sie offenbar nicht so richtig wusste, wie sie damit umgehen sollte.

„Hier gibt es nur Vierbettzimmer – und wir wollen keine von **DENEN DA** bei uns im Raum haben! Wer weiß, ob die nicht Läuse haben oder unsere Sachen klauen!"

„Ich würde mir lieber **TOTAL ÄTZENDE SALZSÄURE** auf den nackten Körper pinseln lassen, als an deine Sachen zu gehen!", presste Jo zwischen ihren Zähnen hervor, aber *Triiischa* kratzte das offenbar nicht. Stattdessen zog sie

Monti grinsend hinter sich her ins Haus, ohne dass die noch etwas dazu sagen konnte … Grmpf.

Keine Frage: Wir hätten sie natürlich sofort aus den Fängen der Glitzerbestie retten sollen, immerhin war sie ein SCHWESTERHERZ und wir gehörten für immer und immer und ewig zusammen! Jawohl!

Das Problem war nur, dass unser Zimmer tatsächlich nur vier Betten hatte. Und wir waren ja schon vier Mädchen (und ein Schwein) … Echt blöd …

Ganz gut war aber, dass unser Zimmer direkt neben dem von Honigbirne *Triiischa* lag und wir Monti im Notfall **blitzeschnell** zu Hilfe eilen konnten. (Zum Beispiel dann, wenn Karamellköpfchen sich nachts in einen blutsaugenden Glitzerwerwolf verwandelte und Monti an die seidenglatten Schimmerhaare wollte! Grrrr!)

Weniger gut war, dass wir gar nicht dazu kamen, unsere Koffer (und POOPJE-Tüten …) auszupacken, weil Godzilla zwar kein Geschäft mehr machen musste, dafür aber MÄCHTIG Hunger hatte.

„Hat eine von euch vielleicht einen Apfel dabei?", murmelte Jo, aber da mussten wir leider passen.

Weil: Was Gesundes packt ja wohl NIEMAND heimlich ein, wenn er auf Klassenreise fährt! Ist doch klar!

Jo hatte zwar lauter Gemüse und Obst eingesteckt, aber das war unter einem Berg von Schweinedreck in ihrer Reisetasche verschwunden.

Und wie jedes Baby weiß, sind Schweine sehr, sehr reinliche Tiere – deshalb essen sie auch nichts, was irgendwie mit ~~Kacke~~ Dreck beschmiert ist! Nie im Leben!

Darum mussten wir jetzt auch schleunigst etwas Neues besorgen!

Wenn Godzilla HUNGER hat, ist er nämlich ungefähr **so dezent und zurückhaltend** wie Nuca, wenn ihr Magen knurrt – und das heißt im Klartext: NULL KOMMA GAR NICHT!

Der kleine Kerl quiekte und grunzte und rannte im Kreis, als könnte er damit eine Wagenladung Schokoriegel herbeiwirbeln. Oink, oink.

„Wenn er so weitermacht, hört ihn noch jemand – und dann haben wir echt ein Problem!", stellte Smilla schließlich fest, und dabei blickte sie schon wieder auf ihr ~~total dämliches~~ Glücksauge herab.

Aber recht hatte sie natürlich trotzdem. Weil Mathemuffel Strunz von einem Ferkel im Haus mit Sicherheit ungefähr so begeistert war wie von Nucas ~~Kotze~~ Mageninhalt auf seinem Schuh ... Hmpf.

„Dann müssen wir jetzt eben erst mal was zu essen besorgen!", verkündete ich entschlossen und schob meine pillepallepralle POOPJE-Tüte unausgepackt unters Bett.

Nuca nickte zustimmend. „Klingt nach einem Superplan! Ich hab nämlich auch schon ein wenig Hunger." Dann schob sie sich schnell einen Kaugummi in den Mund, weil sie das immer so macht, wenn sie **mordsmäßigen Kohldampf** hat. Schmatz!

Und für uns andere war das das Zeichen, dass wir uns jetzt echt beeilen mussten …

~~KAPITEL 11~~

Isst du noch oder läufst du schon?!

Die Suche nach etwas zu essen gestaltete sich unerwartet kompliziert, weil wir nämlich

a) die Hausführung verpasst und deshalb keinen blassen Schimmer hatten, wo hier die Küche war, und

b) Nucas Magen auf einmal anfing zu knurren – und zwar **SO LAUT** und **SO LÖWENBRÜLLERMÄßIG,** dass es kaum möglich war, unauffällig über die Flure zu schleichen. Roooar!

Zum Glück fanden wir die Küche dann aber doch noch, weil es plötzlich ganz merkwürdig anfing zu muffeln – und zwar so, wie es immer muffelt, wenn in Jugendherbergen MITTAGESSEN zubereitet wird … Bäh!

Es war auch schon fast ein Uhr, und das bedeutete, dass es tatsächlich gleich Essen geben würde und Nucas Magen nicht mehr lange knurren musste.

Für Godzilla brauchten wir aber trotzdem noch eine Lösung …

„Habt ihr euch verlaufen?", raunzte uns eine ~~mächtig dicke~~ eher kräftig gebaute Frau hinterm Herd an, als sie uns in der Küchentür entdeckte.

Sie trug einen Kittel und eine Duschhaube – dabei war hier weit und breit keine einzige Dusche zu sehen! Hä?

„Das ist ein Schutz, damit keine Haare im Essen landen", flüsterte Smilla mir ultraleise zu, weil sie wohl meinen ~~dämlichen~~ verwunderten Blick bemerkt hatte.

Ich kam aber gar nicht dazu, so zu tun, als hätte ich das NATÜRLICH selbst gewusst, weil die Duschhaube in diesem Augenblick schon auf uns zuwackelte. Und dabei sah sie KEIN BISSCHEN freundlich aus. Wirklich nicht!

„Zutritt für Kinder verboten!", grunzte sie, während ihre Ökolatschen über die Kacheln watschelten.

„Ich dachte, das hier ist eine ***Jugendherberge für Klassenreisen?***", gab ich oberlehrerhaft zu Bedenken. „Und auf Klassenreisen gibt's doch immer das eine oder andere Kind, stimmt's?"

Jo, Smilla und Nuca fingen an zu lachen, aber die

Duschhaube fand das alles überhaupt nicht witzig. Schade ...

„Du hältst dich wohl für **besonders schlau,** was?"

Ich wollte gerade erwidern, dass ich Smilla ehrlich gesagt für besonders viel schlauer hielt, aber offenbar rechnete die Watschelente nicht wirklich mit einer Antwort auf ihre Frage. Im nächsten Moment zeigte sie mit ihrem ~~dicken Wurstfinger~~ Zeigefinger nämlich bereits auf die Tür. „Raus aus der Küche! Sonst rufe ich euren Klassenlehrer!"

Das war natürlich ein Argument, das uns nicht ganz kaltließ – immerhin hatten wir NULL KOMMA GAR KEINE Lust, jetzt schon wieder mit Strunzemund zu diskutieren! Würgs.

Aber unsere Mission mussten wir trotzdem noch erfüllen, schließlich war Aufgeben für uns SCHWESTERHERZEN keine Option – selbst wenn es nur um ein bisschen Schweinefutter ging! Tschakalaka!

Zum Glück hatten wir alle längst die Möhren entdeckt, die neben dem Herd in einer Schale lagen. **Ganz superagentenmäßig** warf ich Jo einen Blick zu, und die blinzelte Smilla an, und die wiederum nickte Nuca zu. Und dann zog Jo sich ihre Mütze noch ein bisschen tiefer ins Gesicht und Smilla deutete voll alarmiert auf die Füße der Watschelente:

! „Vorsichtig! Ihr Schnürsenkel ist auf!!!" !

Und obwohl die Duschhaube eigentlich hätte wissen müssen, dass ihre Ökolatschen GAR KEINE Schnürsenkel hatten, blieb sie ganz verblüfft stehen und schielte hinab auf ihre Füße. Dabei war ihr aber ~~ihre Wampe~~ ihr kräftig gebauter Bauch im Weg, und sie konnte nichts erkennen. Thihi.

Jo nutzte ihre Ablenkung und huschte wie ein Schatten um die Kücheninsel herum. Flitzeschnell schnappte sie sich die Möhren, und als die Schale dabei ein wenig klapperte, schritt Nuca eilig zu Hilfe und ließ ihren Magen EXTRAOBERLAUT knurren! So laut sogar, dass die Duschhaube zusammenzuckte, einen Schluckauf bekam und hastig nach einer Flasche Mineralwasser griff!

Jo war mittlerweile wieder an unserer Seite und schob sich rückwärts auf die Küchentür zu, weil sie hinter ihrem Rücken die Runzelmöhren versteckte.

Und bevor die Watschelente noch einmal „Raus

hier!" fauchen konnte, waren wir alle auf den Flur hinausverschwunden. Hipp, hipp, hurra!

„Wir haben es geschafft!", freute sich Smilla, während sie ihren Glücksbringer umklammerte, und Nuca kratzte sich verlegen an der Stirn.

„Meinst du, Godzilla nimmt es mir übel, wenn ich schon mal abbeiße ...?"

Jo ließ sie aber nicht nur abbeißen, nein, sie warf ihr eine GANZE Möhre zu. Und Nuca freute sich, als wäre die Möhre ein extragroßer Schokoriegel mit Erdnüssen! Bingo!

Auf jeden Fall trugen wir die Möhrchen zurück zum Zimmer, als wären sie in Wirklichkeit ein sehr, sehr wertvoller Pokal!

Und ich bekam plötzlich ein ganz **wohlig warmes Gefühl** im Bauch, weil ich nämlich feststellte, dass Smillas ~~blödes~~ Glücksauge kein bisschen recht gehabt hatte, nein, im Gegenteil: Die SCHWESTERHERZEN steckten nicht in einer Krise, sondern befanden sich auf einem wahren SIEGESZUG! An einem einzigen Tag hatten wir nicht nur eine Wagenladung hilfloser Tiere befreit, sondern auch noch den Hungertod von Godzilla verhindert! Bäm!

Wenn die Klassenreise so weiterging, wären wir am Ende der Woche garantiert sagenhaft reich und unfassbar berühmt! *Yes!*

Leider endete unser Triumphzug dann aber doch früher und anders als erwartet ...

Denn als wir gerade zu unserem Zimmer abbiegen wollten, hörten wir plötzlich einen voll hysterischen Schrei und erkannten sofort, dass der von Karamellbirne ***Triiischa*** kam! Von wem sonst?!

Und gleich darauf sahen wir auch, warum sie so schrill geschrien hatte: Sie hatte **UNERLAUBTERWEISE** unsere Zimmertür geöffnet – und dabei war ihr ein kleines hungriges Ferkel entgegengesprungen, das jetzt wie von der Tarantel gestochen den Gang hinunterstürmte! Holterdiepolter!

Noch ungünstiger wurde die ganze Angelegenheit allerdings, als wir merkten, dass wir nicht die Einzigen waren, die *Triiischas* Schrei gehört hatten, nein: Auch Herr Frau Lipski taumelte panisch aus ihrem Zimmer auf dem Mädchenflur – und das ausgerechnet in dem Augenblick, in dem Godzilla DIREKT auf sie zusteuerte! Mit Karacho!

Und während ~~die blöde~~ *Triiischa* immer wieder

„Ein Monster!!! Da ist ein Moooooonster!!!“ brüllte, und alle anderen Kinder aus ihren Zimmern stürmten, rammte Godzilla Frau Lipski von den Beinen – und unsere Begleitungslehrerin klatschte **in hohem Bogen** auf den Boden … Autsch.

~~KAPITEL 12~~

Ab in den Ofen … äh … Stall!

Natürlich war es gar nicht so einfach, Godzilla wieder einzufangen …

Der Kleine hatte sich nämlich **mordsmäßig** erschrocken, als Karamellköpfchen *Triiischa* vollkommen UNERLAUBT die Tür aufgerissen hatte – und das kann man ja wohl so was von verstehen, oder?! *Eben*!

Außerdem hatte Godzilla immer noch mächtig Hunger!

Deshalb zischte er auch wie von Sinnen über die Flure der Jugendherberge, und wir rannten alle hinterher, bis er endlich durch einen Türspalt nach draußen huschte. Dort fischte Jo ihn hastig aus einem Gebüsch und hielt ihm die Möhren unter die Nase. *Mampf*!

„**Gehört das Schwein etwa euch?!**", schnauzte uns Muffelmann Stanislaus an, als er sich gemeinsam mit Frau Lipski endlich zu uns ins Freie geschleppt hatte. Die Begleitlehrerin zog dabei ihr Knie VOLL THEATRA-

LISCH hinter sich her, nur um allen zu beweisen, dass sie sich auch wirklich **MÄCHTIG, MÄCHTIG WEHGETAN** hatte. Ist klar …

Jo, Nuca, Smilla und ich warfen uns einen unsicheren Blick zu.

Selbst Monti, die mittlerweile mit den anderen herausgeflitzt war, spürte wohl, dass die Frage nach Godzillas Herkunft nicht ganz unproblematisch war, und zog sich ihre Riesensonnenbrille noch viel tiefer in Gesicht.

„Ich … also ich …", stammelte Jo ertappt, und ich merkte sofort, dass sie gerade **nicht** die richtige Ansprechpartnerin war. Null Komma gar nicht!

„Natürlich gehört das Schwein nicht uns!", flunkerte ich selbstbewusst und tat so, als wäre dieser Gedanke ja wohl echt lächerlich! „Wer bringt denn schon ein *Schwein* mit auf Klassenreise?"

Ich wusste zwar, dass lügen nicht fein war, aber die Wahrheit zu sagen, brachte uns in diesem Moment leider auch nicht weiter!

Herr Strunz kniff trotzdem die Augen zusammen, als würde er mir kein Wort glauben. „Und wo kommt das Tier dann her?"

Jetzt geriet auch ich irgendwie ins Straucheln. „Ich … wir … also …"

Zum Glück war Nuca durch die Notfallmöhre wieder bei Sinnen und sprang sofort ein: „Das ist an der Tankstelle in meinen Rucksack gehüpft!"

Und das war nicht mal gelogen! Weil Godzilla an der Tankstelle ja TATSÄCHLICH in Nucas Rucksack gesprungen war. Haaaa!

(Dass er vorher aus Jo Reisetasche herausgekrochen war, mussten wir ja nicht unbedingt erwähnen …)

Leider machte das die ganze Situation aber auch nicht viel besser.

Herr Strunz wollte nämlich am allerallerliebsten sofort die Polizei zurückrufen – grad so, als wäre Godzilla ein OBERMIESER OBERGANGSTER und kein kleines süßes Ferkel! Boah!

Zum Glück kam im nächsten Moment aber der HERBERGSVATER mit seinem Moped und einem Anhänger zurück …

Normalerweise stellt man sich einen Herbergsvater ja ungefähr so vor:

→ mit schlechten Zähnen,

→ einer miesen Frisur

→ und Klamotten, die so aussehen wie Mottenkugeln schmecken. Ürgs!

Dieser Herbergsvater hier wirkte aber GANZ ANDERS: Er war jung und schlank und irgendwie sportlich – vor allem aber sah er ECHT nett aus! Und er bot uns gleich an, ihn Tom zu nennen – denn so lautete **sein Name** … *Wer hätt's gedacht!*

Außerdem hatte er auch sofort eine voll gute Idee, als er Godzilla auf Jos Arm sah. „Für den kleinen Kerl da müssen wir doch nicht die Polizei rufen! Wir bringen ihn einfach zur Nachbarin, die hat einen Stall! Da fühlt er sich ganz sicher sauwohl!"

Und auch wenn Jo die Idee, sich von Godzilla zu trennen, ABSOLUT NICHT GUT fand, war sie trotzdem ein bisschen erleichtert.

Weil sie die Idee, dass Godzilla

a) von der **Polizei verhaftet** wurde oder

b) gleich im SUPPENTOPF von der Duschhaube landete, noch viel weniger gut fand … *Verständlich.*

Als Jo, Nuca, Smilla und ich mit Godzilla und Tom zum

besagten Stall spazierten, stellten wir zum Glück fest, dass er gar nicht weit weg war und außerdem **ziemlich oberraketentoll** – so wie die Nachbarin!

Sie hieß MARTHA und war _auch jung_ und _auch sportlich_ und vor allem _auch sehr nett!_ Und außerdem lächelte sie immer total niedlich, wenn Tom sie ansah – fast so als wäre sie ein wenig verknallt. Aber pssst!

„Den kleinen Kerl muss man ja zum Fressen gernhaben!", säuselte sie, während sie Jo Godzilla aus dem Arm nahm. Aber als sie im nächsten Moment Jos finsteren Blick sah, korrigierte sie sich ganz schnell: „Das war nur ein Sprichwort! Ich würde ihn niemals aufessen!" Und als sie Godzilla einen saftigen Schmatzer auf die feuchte Schnauze drückte und er mächtig glücklich zurückquiekte, war auch Jo versöhnt.

Na ja, zumindest war sie beruhigt …

Godzilla freute sich nämlich ganz offensichtlich **RIESIG**, als er im Stall durchs Heu toben durfte! Oink!

„So einer hat uns hier noch gefehlt", erzählte Martha und sah lächelnd zu, wie Godzilla ausgelassen herumtollte. „Schaut mal! Mit seiner kleinen Tätowierung sieht er aus wie ein super Wachhund!"

„Das Tattoo hat er sicher NICHT freiwillig bekommen", korrigierte Jo sie mürrisch. „Und außerdem ist er ein **Ferkel** und kein Hund!"

„Dann eben ein Wach*ferkel*", stimmte Martha zu. „Auf jeden Fall sieht er so aus, als könnte er prima auf die anderen Tiere aufpassen!"

Martha hatte nämlich auch noch ein paar Hühner, ein Schaf und drei Ziegen in ihrem Stall – und auch die beschnupperten Godzilla immer wieder neugierig! Schnüffel, schnüffel.

„Was hältst du davon, wenn wir das Ferkel Butterblume nennen?", schlug Martha vor.

„Butterblume?!" Jos empörter Blick verriet ganz eindeutig, was sie von dem Namen hielt – nämlich: null Komma gar nichts!

Offenbar verstand Martha das auch. „Wie würdest du ihn denn dann nennen …?"

„Godzilla!", grummelte Jo zwischen ihren Lippen hindurch und nahm den Kleinen wieder auf den Arm.

Martha nickte erst ein wenig überrascht, dann aber sehr anerkennend. „Dafür, dass er dir erst vor ein paar Stunden an dieser Tankstelle zugelaufen ist, hast du ein **ganz schön gutes Gespür** für den kleinen Kerl …", sagte sie und zwinkerte Jo zu. Und irgendwie wurde ich dabei das Gefühl nicht los, dass sie uns alle ~~ganz glasklar~~ durchschaute … Hm.

„GODZILLA ist jedenfalls ein sehr guter Name für ein Wachferkel, findest du nicht?", verkündete Martha und lächelte Tom an. Der kratzte sich verlegen am Kinn, als wäre er AUCH ein bisschen verknallt. Tihihi.

„Bist du denn sicher, dass ihr wirklich einen Beschützer braucht? Ich kann mir nicht vorstellen, dass sich tatsächlich ein **Tierdieb** in der Gegend herumtreibt …"

„Tierdieb?", schoss es im nächsten Augenblick aus Smillas Mund, und ich bemerkte genau, wie sie die Finger dabei ängstlich um ihr Glücksauge krallte. „Was denn für ein Tierdieb …?"

„Ach nichts", sagte Tom und winkte ab. „Das sind nur alberne Geschichten. Die Leute auf dem Land tratschen eben gerne."

„Da muss ich dir leider widersprechen!", erwiderte Martha ernst. „In der Nachbarschaft sind schon über zwanzig Tiere verschwunden! Das ist doch **nicht nichts!"**

„Es bedeutet aber noch lange nicht, dass wirklich ein Dieb dahintersteckt! Vielleicht sind die Tiere ja einfach … weggelaufen."

Martha blickte Tom einen Moment lang ungläubig an und lachte dann los. „Du bist einfach zu gut für diese Welt, Tom! Dieb hin oder her – ich bin jedenfalls sehr dankbar, dass ich jetzt ein Wachferkel namens GODZILLA habe!"

Und wir waren auch ganz schön dankbar. Weil Godzilla auf diesem Hof nämlich viel besser aufgehoben war als in der Herberge mit Mathemuffel Strunz, Frau Lipski und Fräulein Duschhaube! *Aber so was von!*

Trotzdem konnte Jo sich nicht dazu durchringen, wieder zu gehen … „Dürfen wir ihn denn … besuchen kommen? So zwischendurch?"

Martha strahlte sie freundlich an. „Wann immer du willst!"

Und da zeichnete sich tatsächlich so etwas wie ein Lächeln auf Jos Gesicht ab. Wenn auch nur ein klitzewinzigkleines …

~~KAPITEL 13~~

Schwestern werden ist nicht schwer,
Schwestern sein dagegen sehr!

Als wir vier gemeinsam mit Tom zurück zur Herberge kamen, waren die anderen schon fertig mit Mittagessen. Was nicht so schlimm war, weil das Essen ~~kein bisschen~~ nicht unbedingt lecker aussah und roch … Würgs.

Trotzdem hatten wir alle mittlerweile obergroßen Hunger!

„Kein Problem“, sagte Tom und winkte uns mit sich. „Dann kommt ihr eben mit mir und ich mache uns eine Tiefkühlpizza.“ Yes!

Das Beste war aber: Während die **obersuperleckere Pizza** im Ofen war, führte Tom uns noch einmal in Ruhe durch die Herberge und übers Gelände. Und ich musste mir ganz klammheimlich eingestehen, dass *Bad Ödersen* gar nicht so *Blödersen* war, wie ich es mir vorgestellt hatte …

Na gut, Hawaii war immer noch ein kleines bisschen cooler – aber die Herberge hatte auch so einiges zu bieten! Echt jetzt!

Das Herbergsgebäude war ein altes Gutshaus, an dessen Mauern Rosen wuchsen wie an einem verwunschenen Dornröschenschloss.

Auf der einen Seite grenzte das Gelände an einen See mit einer Badeinsel und einem Steg, und auf der anderen Seite begann ein großer Wald, in dem ganz sicher Rehe und andere süße Tiere lebten! Hachz.

Während seiner Führung erzählte uns Tom, dass er bis vor einem Jahr noch beim **FILM** gearbeitet hatte, sich dann aber bei einem Urlaub in das alte Haus verliebt und alles hingeschmissen hatte, um Herbergsvater zu werden. Und deshalb war er jetzt hier!

„Es gibt zwar noch mächtig viel zu tun, aber ich fühle mich hier pudelwohl!"

Und irgendwie wurde ich das Gefühl los, dass das auch **ein kleines bisschen** an Martha lag … Thehe.

„Vermisst du dein altes Leben denn gar nicht?", hakte Nuca nach, als wir durch das kniehohe Gras zurückspazierten.

„Na ja, ich habe noch ein paar Freunde beim Film.

Deshalb hab ich später auch eine Überraschung für euch!"

„Eine Überraschung?" Smilla fiel vor Aufregung fast ihr Glücksauge aus der Hand. Plumps.

Tom nickte und grinste, als würde es ihm echt schwerfallen, jetzt nicht sofort mit dem Geheimnis herauszurücken. „Ihr müsst euch noch etwas gedulden", kicherte er und verschloss sich die Lippen mit einem unsichtbaren Reißverschluss. „Das verrate ich nämlich erst, wenn eure ganze Klasse zusammen ist!"

Natürlich waren wir KEINESFALLS begeistert davon, noch warten zu müssen – aber egal wie laut und wie lange wir drängelten: Tom ließ einfach NICHTS aus sich herauskitzeln! Gemein!

Weil wir trotzdem **nicht lockerließen,** wurde er irgendwann ~~VOLL MONSTERMÄßIG~~ ein wenig gereizt. „Wenn ihr jetzt nicht sofort aufhört, schicke ich euch doch noch zu Frau Koslowski in die Herbergsküche, und dann müsst ihr euch ihre **GRUSELIGE LINSENSUPPE** aufwärmen!"

Und da hielten wir dann lieber ganz blitzeschnell die Klappe und verdrückten stattdessen die **Tiefkühlpizza.** Yummy!

Beim Kauen kam Smilla aber noch ein total wichtiger Gedanke: „Wenn du schon weißt, dass die Linsensuppe von Frau Koslowski so gruselig schmeckt – warum hast du sie dann als Köchin eingestellt?"

Tom stieß einen Seufzer aus. „Es ist wahnsinnig schwer, auf dem Land vernünftiges Personal zu bekommen. Und ich kann ja auch kein großes Gehalt zahlen ..." Er bemühte sich zu lächeln. „Außerdem mag sie von außen etwas grob wirken, aber **INNEN DRIN** ist sie sensibel wie ein ganz zartes Gänseblümchen."

Als er das sagte, starrten wir ihn erst einen Moment lang ~~dämlich~~ sprachlos an – und dann fiel uns vor Lachen fast die Pizza aus dem Mund. *Thihi!*

Nachdem wir aufgegessen hatten, blieb uns noch eine Stunde, bis wir uns mit dem Rest der Klasse im großen Gemeinschaftsraum treffen sollten. Herr Strunz und Frau Lipski hatten nämlich angekündigt, dass sie das Programm für die nächsten Tage mit uns besprechen wollten. *Voll spannend ... nicht!*

Mir fielen natürlich sofort SIEBZEHNZILLIONEN Dinge ein, die ich in der freien Stunde gerne gemacht hätte. Zum Beispiel:

- faul im Gras zu liegen und mir ein paar Sommersprossen einzufangen!

- Tom weiter zu drängeln, uns endlich das Geheimnis zu verraten!

- *Triiischa* ein paar Regenwürmer in den Schminkkoffer zu stecken, weil sie einfach unsere Zimmertür geöffnet hatte!

Leider mussten wir aber etwas anderes tun, und zwar:

UNSER ZIMMER AUFRÄUMEN!!! Grmpf …

Godzilla hatte nämlich ordentlich gewütet, während wir auf Möhrenjagd waren – und schlimmer noch: Er hatte meine POOPJE-Tüte unter dem Bett hervorgezogen und ALLES auseinandergepflückt!

Deshalb flatterte meine **Unterwäsche** jetzt auch zwischen den Stuhlbeinen herum und meine Zahnbürste war vollkommen zerkaut. *Wuäh*!

Aber im Gegensatz zu Jo hatte ich immer noch GLÜCK gehabt, weil ihre Klamotten nämlich **von oben**

bis unten ~~vollgekackt~~ mit Schweinedreck besudelt waren …

Während Smilla, Nuca und ich unsere Sachen in den kleinen Schrank räumten, tat Jo deshalb das einzig Vernünftige: Sie machte ihre Reisetasche einfach wieder zu und schob sie unausgepackt unters Bett. Richtig so!

„Du kannst Klamotten von mir haben", bot Nuca ihr großzügig an, aber ~~uns allen~~ Jo war klar, dass ihr Nucas Klamotten ein wenig zu groß sein würden.

Außerdem war sie offenbar gerade mit anderen Dingen beschäftigt …

„Du machst dir Sorgen um Godzilla, oder?", hakte Smilla einfühlsam nach.

Jo zögerte einen Moment und schien zu überlegen, ob es vielleicht irgendwie peinlich war, die Wahrheit zu sagen, aber dann nickte sie.

Weil wir nämlich SCHWESTERHERZEN waren – und keine Geheimnisse voreinander hatten, nicht mal wenn sie **OBEROBERPEINLICH** waren! Tschakalaka!

„Ich finde, er sah eigentlich ganz zufrieden aus in Marthas Stall …", sagte ich schnell, um Jo zu beruhigen, aber Nuca machte die ganze Beruhigung gleich wieder zunichte.

„Und wenn sich tatsächlich ein **Tierdieb** in der Nähe herumtreibt? Dann ist Godzilla vielleicht doch in Gefahr!“

Smilla und ich warfen uns einen Blick zu und rollten mit den Augen, weil dieser Hinweis Jo natürlich überhaupt nicht weiterhalf! Grmpf.

„Wir müssen uns jetzt erst mal einer ganz anderen Gefahr stellen“, sagte ich deshalb hastig und blinzelte bedeutungsvoll in die Runde: **„Triiischa!“**

Ich sagte den Namen extra so, als wäre er eine voll gruselige Szene in einem Horrorfilm – so eine, bei der alle vergessen zu atmen und einem die Chipskrümel aus dem offenen Mund fallen … Kreeeeeiiiisch!

„Pah! Die Barbie macht mir keine Angst …“, grummelte Jo ganz unbeeindruckt und sank trotzig aufs Bett.

Aber ich ließ nicht locker. „Der Schein trügt …“, murmelte ich geheimnisvoll. „Nur weil das Karamellköpfchen harmlos aussieht, heißt es noch lange nicht, dass sie uns nicht gefährlich werden könnte! Überleg doch mal: Nur ihretwegen wurde Godzilla überhaupt entdeckt – weil sie nämlich, OHNE ZU FRAGEN, unsere Zimmertür geöffnet hat! Und außerdem …“

Ich hielt die Luft an, weil ich nicht wusste, ob das, was

ich sagen wollte, nicht vielleicht doch ein klitzekleines bisschen blöd war …

„Was *außerdem?*", fragte Smilla und ließ ihren Glücksbringer hin und her pendeln.

Ich seufzte, und dann sprach ich es einfach aus: „Außerdem gefällt mir nicht, was sie mit Monti macht." Basta!

„Bist du etwa eifersüchtig?", hakte Jo nach, und dabei sah sie fast ein wenig amüsiert aus.

„Quatsch!", protestierte ich schnell und schüttelte energisch den Kopf. „Überhaupt nicht! Ich finde einfach, die Honigbirne hat keinen guten Einfluss auf Monti! Und obendrein verpasst Monti unsere besten Abenteuer, wenn sie immer nur **mit den anderen** rumhängt – dabei ist sie doch eine von uns!" Aber echt!

Als hätte sie es irgendwie gehört oder gespürt oder geahnt, klopfte es im nächsten Moment an der Tür, und Monti steckte ihren Kopf ins Zimmer.

„Wir treffen uns jetzt alle im Gemeinschaftsraum", flüsterte sie, dabei gab es absolut keinen Grund zum Flüstern!

Deshalb verschränkte ich auch trotzig die Arme vor der Brust.

„Warum sprichst du denn so leise? Hast du etwa Angst, dass deine neuen Freundinnen dich hören?"

Monti rollte mit den Augen. „Dass Trischa meine Freundin ist, ändert nichts daran, dass ihr meine Schwestern seid, okay? Darum bin ich ja hier: Ich wollte nicht, dass ihr zu spät kommt und wieder Ärger kriegt! Herr Strunz ist nämlich immer noch mächtig wütend, dass Godzilla Frau Lipski umgehauen hat!" Und dann war sie blitzeschnell wieder verschwunden. Zack, bums, weg.

Die anderen blickten mich an und runzelten die Stirn – und irgendwie wurde ich das Gefühl nicht los, dass sie dachten, ich wäre EBEN DOCH ein bisschen eifersüchtig …

~~Kapitel 14~~

Nächstes Ziel? GEWINNEN!!!

Leider hatte Monti recht – und zwar damit, dass Mathemuffel Strunz noch immer mächtig schlechte Laune hatte!

Frau Lipski war auch nicht viel besser drauf. Sie zog ihr linkes Bein hinter sich her, als hätte Godzilla ihr die Kniekehlen weggebissen, was natürlich M.A.ß.L.O.S. übertrieben war! *Aber so was von!*

Zum Glück war Tom auch im Gemeinschaftsraum, und wir konnten ihm ansehen, wie sehr er sich selbst darüber freute, jetzt endlich seine Überraschung mit uns teilen zu dürfen! Doch als er gerade anfangen wollte zu sprechen, riss Strunzikowski **ganz egoistisch** das Wort an sich.

„Wie ihr ja wisst, dient diese Klassenreise nicht nur dem Vergnügen, sondern auch dazu, dass wir uns alle besser kennenlernen. Dass wir lernen, im TEAM zu arbeiten, uns gemeinsam auf ein Ziel zu konzentrieren – und nicht einfach so *die Sau* rauszulassen!" Und bei den Worten „**SAU RAUSLASSEN**" funkelte er Jo, Nuca, Smilla und mich besonders grummelig an. *Grmpf* ...

„Deshalb werdet ihr in den kommenden drei Tagen eine Team-Olympiade austragen!"

„Olympiade ...?", nuschelte Nuca uns verunsichert zu und wischte verlegen mit der Fußspitze über den Kachelboden. „Das ist doch so was mit Sport, oder?"

Aber bevor wir ihr antworten konnten, schnitt uns Herr Strunz mit seinem Finsterblick schon das Wort ab. „Von morgen an kriegt ihr jeden Tag eine Aufgabe, und dabei könnt ihr **Punkte** sammeln! Das Team, das am Donnerstagabend die meisten Punkte hat, gewinnt die Olympiade und erhält einen **Preis!**" *Whoop, whoop!*

Dann nickte er Tom zu, und der fing sofort ganz aufgeregt an zu plappern:

„In der Regel bekommt das Siegerteam eine ganz besondere Auszeichnung verliehen!" Er hielt eine kleine Anstecknadel in die Höhe, so als wäre sie ein furchtbar kostbarer Schatz, und verkündete stolz:

„Das goldene Spiegelei von Bad Ödersen!"

Tadaaa!

„Ein ***Spiegelei?*** Das soll die tolle Überraschung

sein?", rutschte es mir heraus – und alle starrten mich an, weil ich dabei nicht gerade begeistert klang.

Nur Tom grinste zu mir rüber. „Bonnie hat recht. Die Eierbrosche hat mich ehrlich gesagt auch noch nie vom Hocker gehauen ... Deswegen freue ich mich, dass ich für euch noch eine ganz besondere Siegerprämie habe!" Er strahlte in die Runde, als würde er gleich das achte Weltwunder verkünden. Achtung, Achtung!

„Ich habe einen alten Freund beim Film, der Richard heißt – und der dreht gerade einen großen neuen Kinofilm mit Marvin Klüver!"

Als er *Marvin Klüver* sagte, stießen *Triiischa* und ihre Honigbirnen plötzlich so ein total DÄMLICHES QUIEKEN aus und schnappten nach Luft, als würden sie gleich in O.H.N.M.A.C.H.T. fallen. (Weil sie nämlich allesamt TOTAL VERKNALLT waren in Marvin Klüver. Tss.)

Aber nicht nur die Karamellköpfe waren plötzlich ganz aufgeregt, nein, auch die AMIGOS tuschelten mächtig wild miteinander. Ihr müsst nämlich wissen: Marvin Klüver ist nur vier Jahre älter als wir, aber er ist schon ein ECHT BERÜHMTER und ECHT REICHER Schauspieler. (Er ist sogar ein klitzekleines bisschen berühmter als mein Papa – was ja nicht sonderlich schwer ist ... Thihi.)

Auf jeden Fall sieht er ~~OBERHAMMER GUT~~ schon ganz okay aus (das ist der Grund, warum die Honigköpfe auf ihn stehen), und er dreht ganz oft ACTIONFILME (das ist der Grund, warum die AMIGOS auf ihn stehen!).

Trotzdem hatte ich keinen blassen Schimmer, was Marvin Klüver mit unserer Team-Olympiade zu tun hatte … Hä?

Im nächsten Moment aber ließ Tom die **KATZE AUS DEM SACK:**

„Richard sucht noch ein paar Kinder für eine Szene mit Marvin – und ich habe mir gedacht, dass das doch ein toller Preis für das Siegerteam wäre!"

Ein toller Preis? Das war kein toller Preis, nein, das war der:

OBERRAKETENKOMETENHAMMER! Whoop, whoop!!!

Obwohl ich ~~nur ganz wenig~~ ABSOLUT GAR NICHT auf Marvin Klüver stand, war eine Rolle in einem superobergroßen Kinofilm der K.N.A.L.L.E.R.! Wer diesen Preis gewann, würde nämlich nicht nur auf einen Schlag berühmt werden, sondern ~~vermutlich~~ GANZ SICHER auch sehr, sehr reich!

Und wenn ich erst mal sehr, sehr reich war, könnte ich mir einfach

- ein **eigenes** iPhone
- ein **eigenes** Pferd
- und ein **eigenes** ~~Zimmer~~ Haus kaufen! Und zwar auf HAWAII! Win-win!

Natürlich war ich nicht die Einzige, die von dieser Vorstellung MONSTERMÄßIG begeistert war.

Triiischa, Monti und die Honigköpfe kreischten auf und fechelten sich VOLL ÜBERTRIEBEN Luft zu, um überhaupt noch atmen zu können vor lauter Aufregung.

Die AMIGOS steckten hektisch die Köpfe zusammen und plapperten wild durcheinander, und auch die vielen anderen Kinder aus der neuen Klasse waren auf einmal ganz H.I.B.B.E.L.I.G.!

Nuca verschluckte sich vorsorglich an ihrem Kaugummi – bis sie merkte, dass sie ausnahmsweise gar keinen im Mund hatte. Thihi.

Und Smilla rutschte vor Schreck das ~~olle~~ Auge aus der Hand, aber sie fischte es ultraschnell vom Boden und fing sofort an, ganz, ganz nervös daran zu reiben. Weil sie nämlich meinte, dass das auf jeden Fall GLÜCK bringen würde. *Seufz* ...

Nur Jo schien die Sache irgendwie kaltzulassen ...

„Und wer ist dieser Martin?", murmelte sie genervt und verdrehte dann VOLL GELANGWEILT die Augen.

Bevor einer von uns in Ohnmacht fallen konnte, mischte sich Oberlehrer Strunz ein: „Voraussetzung für den Dreh ist natürlich, dass eure Eltern ihr Einverständnis geben – die Filmszenen werden nämlich **schon nächste Woche** gedreht!"

Aber irgendwie interessierte sich keiner mehr für das, was er sagte – weil ALLE ab sofort nämlich nur noch EIN ZIEL hatten, und zwar:

ZU GEWINNEN!!! *Tschakalaka!*

Na ja, Jo schien als Einzige immer noch nicht zu verstehen, dass man so eine Chance nur ~~ganz selten~~ EIN MAL IM LEBEN bekommt!

Aber bevor wir ihr das klarmachen konnten, riss Frau Lipski das Wort an sich, kratzte sich am ~~Bart~~ Kinn und las irgendwas von einem Zettel ab: „Der erste Teil der Olympiade besteht darin, dass ihr eure Teams bildet und einen GRUPPENNAMEN aussucht. Jedes Team muss aus **mindestens drei,** aber maximal **fünf Kindern** bestehen. Wichtig ist, dass ihr gemeinsam Lösungen für die Aufgaben findet, denn nur so könnt ihr es am Ende schaffen!" Bla, bla, blubbsi …

Natürlich hörte keiner mehr richtig zu, als sie ihre Rede über Teamgeist und Ergänzung und Miteinander hielt. Wir waren nämlich alle VIEL ZU AUFGEREGT und wollten am liebsten sofort unsere Teams bilden!

Zwei Dinge standen auf jeden Fall schon mal VOLL FELSENFEST, nämlich:

1. dass die SCHWESTERHERZEN ein Team bilden würden und

2. dass wir NATÜRLICH gewinnen würden! Aber so was von!

Dummerweise war die Angelegenheit dann aber doch

nicht so einfach wie gedacht, weil Monti sich nämlich nicht entscheiden konnte, in welchem Team sie sein sollte.

„Ich dachte, du willst GEWINNEN", säuselte Karamellbirne *Triiischa* ihr zu, als sie merkte, dass Monti ernsthaft überlegte, sich uns anzuschließen.

„Wer sagt denn, dass wir **NICHT** gewinnen?", erwiderte ich und verschränkte entschlossen die Arme vor der Brust. Ha!

Aber *Triiischa* stieß nur ein kurzes Lachen zwischen ihren Lippen hervor und runzelte die Stirn. „Klar könnt ihr gewinnen – wenn die Disziplinen *Wett-Essen, Einhorn-Ausritt* und *Das-schlechteste-Outfit-der-Welt* heißen!"

Dann gab sie Lenja und Rike ein Zeichen, und die beiden begannen voll dämlich zu kichern. Am schlimmsten war aber: Plötzlich kicherte Monti **auch** mit, und als ich sie mächtig finster anstarrte, stieß sie einen leisen Seufzer aus und entschied sich TATSÄCHLICH, in das voll bekloppte Team von Karamellbirne *Triiischa* zu gehen! Boah!

„Aber es heißt doch: Eine für alle, alle für …", stammelte Nuca irritiert, doch da fing *Triiischa* schon wieder total dümmlich an zu lachen: „Ist ja süß, du Dampfwalze! Aber euer Pfadfinderlager muss leider OHNE Monti auskommen! Die will nämlich die ROLLE NEBEN MARVIN KLÜVER gewinnen!" Dann packte sie Monti am Handgelenk und zog sie **einfach von uns weg.** *Voll blöd.*

Smilla blinzelte überrascht auf ihr Glücksauge runter und rückte sich die Brille zurecht. „Vielleicht hat mein Glücksbringer doch recht. Vielleicht stecken wir tatsächlich in einer …"

„Unsinn!", unterbrach ich sie ungehalten. Weil ich nämlich auf gar keinen Fall zulassen würde, dass wir SCHWESTERHERZEN in irgendeiner blöden Krise steckten! Nicht mal in einer klitzewinzigkleinen! *Basta!*

Selbst wenn das Olympiade-Team SCHWESTERHERZEN jetzt nur aus vier Mitgliedern bestand, war eines ganz sicher – und zwar:

DASS WIR GEWINNEN WÜRDEN! *Yes!*

Nur Jo schien immer noch nicht so ganz überzeugt von der Sache zu sein.

„Es gibt doch ungefähr HUNDERTTAUSEND Dinge, die wichtiger sind, als in irgendeinem **beklopptten Film** mitzuspielen …"

Aber weil Smilla, Nuca und ich sie VOLL LANGE und ECHT EINDRINGLICH anstarrten, zuckte sie schließlich doch noch mit den Schultern und grummelte: „Meinetwegen. Dann gewinnen wir das Ding eben …" Hipp, hipp, hurra!

Um unser gemeinsames Ziel zu besiegeln, legten wir alle unsere Hände übereinander und riefen:

„Eine für alle, alle für UNS!"

Und das fühlte sich MÄCHTIG gut an!

Na ja, bis auf die Tatsache, dass Monti fehlte … Grmpf.

~~KAPITEL 15~~

Auf die Plätze – fertig – ~~los~~ FLOß!!!

Nach dem Abendessen schrieben alle Gruppen ihre Teamnamen auf die große Tafel im Gemeinschaftsraum, und das sah ungefähr so aus:

TEAMNAME	MITGLIEDER	PUNKTE
AMIGOS (war klar …)	Neo, Kolja, Leo, Oskar	
Die Pandas (hä???)	Käthe, Lea, Bine, Paula, Klara	
Schach-ist-cool (Streber!!!)	Simon, Xaver, Clemens	
SCHWESTER-HERZEN (tschakalaka!!!)	Bonnie, Smilla, Nuca, Jo	
Die Rockstars (ganz okay …)	Coco, Alina, Max, Justina	

ZUCKERPUPPEN (Pfff!)	**Trischa, Lenja, Rike, Monti**	
Die 4-Fragezeichen (voll originell … NICHT!)	**Franz, Paul, Lina, Mascha**	

Triiischa rümpfte natürlich VOLL DÜMMLICH die Nasenspitze, als sie unseren Namen sah.

„Schwesterherzen, ist ja süß. Heißt eure Kindergartentruppe etwa so?"

„Frag doch mal Monti, wie wir heißen", entgegnete ich schnippisch und blickte Monti eindringlich an.

Aber die schob sich nur schnell ihre Glitzersonnenbrille vors Gesicht und rief dann erleichtert: „Es gibt Abendbrot!" Na toll …

Nach dem Essen kam sie trotzdem mit uns in Marthas Stall. Jo wollte nämlich auf jeden Fall noch mal nach GODZILLA sehen, bevor wir schlafen gingen.

„Haben deine Freundinnen gar nicht protestiert, als sie gehört haben, dass du mit unserer *Kindergartentruppe* unterwegs bist?", hakte ich vorwurfsvoll nach und klang dabei ~~AUF JEDEN FALL~~ vermutlich schon ein wenig eingeschnappt.

„Nee", gab Monti kleinlaut zu. „Ich hab denen gesagt, ich mache jetzt YOGA, und dafür muss ich alleine sein …" Wie bitte?!

Ich wusste gar nicht, was mich sprachloser machte:

* dass sie die ~~blöden~~ ZUCKERPUPPEN angelogen hatte

* oder dass sie uns die unverschämte Wahrheit erzählte und sich überhaupt nicht dafür schämte! Na ja, höchstens ein klitzekleines bisschen vielleicht … Grmpf.

„Warum bist du denn nicht wenigstens in unser Team gekommen, wenn du schon nicht bei uns im Zimmer schläfst?", hakte Nuca unsicher nach. „Ich dachte, wir Schwesterherzen gehören zusammen?"

Monti blickte in unsere erwartungsvollen Gesichter und ließ dann ihre Schultern hängen. „Na ja … Marvin Klüver ist ECHT süß, und ich will wirklich **unbedingt gewinnen!**"

„Eben!", erwiderte ich ungehalten. „Und das ist ja praktisch ausgeschlossen, wenn du *nicht* in unserem

Team bist! Wir sind schließlich die SICRET SISTAHZ – das heißt übersetzt so viel wie ABSOLUTE GEWINNER!" Bäm!

Smilla runzelte die Stirn. „Ähm ... eigentlich heißt das *geheime Schwestern,* Bonnie ..."

Aber als sie meinen Blick bemerkte, verstummte sie lieber ganz schnell wieder. Weil ja wohl JEDER wusste, dass wir SCHWESTERHERZEN geboren wurden, um zu gewinnen! Aber so was von!

Monti kicherte nur total ~~dämlich~~ merkwürdig los.

„Hast du Heuschnupfen, oder was?", raunzte Jo ihr zu, während sie Godzilla an sich drückte.

„Nein", gluckste Monti. „Ich finde es nur lustig, dass ihr **ERNSTHAFT** denkt, ihr könntet gewinnen." Hä?

Smilla umklammerte ihr Glücksauge und blickte Monti ernst an. „Was soll denn daran lustig sein?"

„Ich will euch echt nicht zu nahe treten", erklärte Monti und versuchte, ihr blödes Kichern zu unterdrücken. „Und ihr wisst ja, dass ich euch als GEHEIMSCHWESTERN **echt gernhab**, aber ..."

„Aber *was?*", fragte ich und kniff vorsichtshalber die Augen zusammen.

Monti seufzte. „Na ja, schaut euch doch mal an. Rollmöpschen ist ~~viel zu dick~~ ziemlich kräftig gebaut und hat jetzt auch noch diese verstauchten Handgelenke. Einstein ist zwar schlau, aber verliert alle Naselang ihre Brille, und Jo könnte höchstens einen Preis in **schlechter Laune** gewinnen." Sie verzog mitleidig den Mund. „Tut mir leid, Pudelkopf, aber ihr seid echt nicht gerade die GEWINNERTYPEN ..." Boah!

Dann stand sie ein wenig bedröppelt auf und verschwand aus dem Stall, um zu den ~~Zuckerpuppen~~ DOOFBIRNEN zurückzukehren.

Und **wir vier** blieben im Heu sitzen und konnten einfach nicht glauben, was sie gerade gesagt hatte!

Keine Gewinnertypen – wir?! Wir waren jawohl die G.E.W.I.N.N.E.R. schlechthin! Ich war mir insgeheim sogar sehr, sehr sicher, dass man UNSER FOTO finden würde, wenn man unter GEWINNER im Lexikon nachschlug! Oh ja!

Und offenbar sah Jo das genauso.

„Der werden wir es schon zeigen", grummelte sie, und ich war irgendwie **mächtig erleichtert.** Weil das nämlich bedeutete, dass sie nun auch ENDLICH gewinnen wollte – schon allein, damit die bekloppten ZUCKERPUPPEN nicht gewannen! Ha!

Leider klingelte Smillas ~~nerviger~~ Wecker am nächsten Morgen VIEL ZU LAUT und VIEL ZU FRÜH! Na ja, vielleicht waren wir gestern Abend einfach auch erst VIEL ZU SPÄT eingeschlafen, aber das machte jetzt ja keinen Unterschied mehr. Fest stand nur:

Wir waren alle VIEL ZU MÜDE, um aufzustehen! Gäääähn.

Liegen bleiben und weiterschlafen konnten wir aber leider auch nicht, immerhin ~~mussten~~ würden wir heute unseren ERSTEN HAUSHOHEN SIEG erringen und die blöden Zuckerpuppen in ihre Schranken weisen! Bäm!

Als wir in den Frühstücksraum schlurften, stellten wir zum Glück fest, dass wir nicht die Einzigen waren, die ~~mordsmäßig mies aussahen~~ **nicht genug geschlafen** hatten.

ALLE anderen hatten ebenfalls Augenringe, die bis in die Mundwinkel hinabreichten, und gähnten über ihren Brötchen um die Wette.

Die AMIGOS sahen nicht nur oberraketenmüde aus, nein, sie waren auch irgendwie ganz **vollgekritzelt** im Gesicht. Oha ...

„Das ist unsere KRIEGSBEMALUNG für den Wettkampf heute", erklärte mein ~~bekloppter~~ Zwillingsbruder Neo stolz, als Muffelmund Stanislaus ihn zur Rede stellte.

Herr Strunz war davon nicht gerade begeistert und schickte die Jungs gleich wieder zurück ins Bad: **„Abwaschen! Sofort!"**

Doch als die AMIGOS nach zehn Minuten zurückkamen, hatte sich an ihrer peinlichen Kritzelei nichts verändert.

„Die Farbe geht nicht ab", gab Kolja ~~Kacknase~~ kleinlaut zu. „Weil das nämlich wasserfeste Stifte waren …"

Und daran konnte auch ein Mathemonster wie Strunzikowski **null Komma gar nichts** ändern. Tja, Pech gehabt.

Nur *Triiischa*, Monti und ihre Zuckerpuppen sahen leider ~~umwerfend~~ ganz passabel aus. Aber das lag ~~wahrscheinlich~~ SICHER nicht daran, dass sie letzte Nacht ausreichend geschlafen hatten, sondern dass sie ihre Müdigkeit unter einer **meterdicken Schicht** aus Make-up begraben hatten. Tss …

Nachdem wir alle unsere Brötchen aufgemümmelt hatten, versammelten wir uns draußen am See für den ERSTEN WETTBEWERB!

Außer Stanislaus Oberlehrer und Frau Lipski war auch Tom da und strahlte mit der Sonne um die Wette.

„Seid ihr bereit für eure erste Aufgabe?", trällerte er aufgeregt und streckte die Arme in die Luft. Und weil er dabei so monstermäßig gut gelaunt war, konnten wir alle gar nicht anders, als selber ~~ein bisschen dämlich~~ **voll aufgeregt** zu grinsen und ganz laut JAAAAAA zu rufen!

Allerdings verging ~~den meisten von uns~~ UNS ALLEN das Lachen ganz schnell wieder, als wir hörten, was unsere erste Aufgabe war.

Wir sollten nämlich:

- ein Floß aus leeren Wasserkanistern bauen

- und damit über den See fahren.

Dabei hatte keiner von uns jemals zuvor ein Floß gebaut – und das erschwerte das Vorhaben zu GEWINNEN schon ein kleines bisschen. *Voll blöd* …

Zum Glück schienen die anderen Teams von dieser Aufgabe auch nicht allzu begeistert zu sein …

Und weil ohnehin alle nur ratlos in der Gegend herumstarrten, nutze Meister Strunz die Gelegenheit, um die Regeln zu erklären: „Jedes Team, das ins Ziel kommt, erhält als Belohnung einen Punkt! Das Siegerteam bekommt ZEHN PUNKTE und hat natürlich einen ordentlichen Vorsprung!" Ach was …

„Das Team, das als zweites im Ziel einläuft, bekommt sieben Punkte", erklärte er weiter, „und die Drittplatzierten immerhin noch fünf."

Und auch wenn wir allesamt etwas begriffsstutzig herumblinzelten, war insgeheim doch JEDEM klar, welches Team gewinnen würde, nämlich:

DIE SCHWESTERHERZEN!!! Ätsch!

Selbst wenn wir im Moment noch ~~keinen blassen Schimmer~~ keine zündende Idee hatten, wie wir das anstellen sollten …

~~Kapitel 16~~

S.I.S. = Schwesterherz in Seenot!!!

Wenigstens mussten wir uns nicht selbst überlegen, wie man so ein Floß baut: Wir bekamen nämlich eine **Anleitung** von Tom, und die sah wirklich BABYEIER-EINFACH aus!

Na ja, in Wirklichkeit war sie mordsmäßig kompliziert, aber uns musste das keine Sorgen bereiten, weil wir ja Smilla in unserem Team hatten! Yes!

Als Strunzikowski den Startschuss gab, gerieten wir aber doch noch ein bisschen durcheinander.

Smilla konnte sich nämlich erst mal überhaupt nicht auf den B.A.U.P.L.A.N. konzentrieren, weil sie **voll hektisch** an ihrem ~~blöden~~ Glücksauge rieb, um zu sehen, was es uns für den Wettbewerb prophezeite. Grmpf ...

Erst als das Auge seine Farbe zu GRÜN wechselte, atmete sie erleichtert auf und studierte die Anleitung. „Wir brauchen sechzehn Kanister, wasserfeste Seile und ein paar Holzlatten!", befahl sie und wir rannten blitzeschnell los, um die Materialien aus Toms Schuppen zu holen.

Leider stellte sich beim Schleppen heraus, dass Nucas verstauchte Handgelenke tatsächlich ~~total unbrauchbar~~ etwas hinderlich waren ... Hmpf.

„Du bleibst einfach bei Smilla und sortierst das Material vor!", brüllte Jo ihr schließlich zu, und dann zerrten wir den Rest TOTAL HELDENHAFT zu zweit heran.

Dabei fiel uns auf, dass die ZUCKERPUPPEN uns auf dem Weg zum Schuppen kein einziges Mal begegneten. Stattdessen lagen sie am Ufer in der Sonne und blätterten in einer von Montis **Zeitschriften.**

„Marvin ist ja *soooo* süß!", hörte ich *Triiischa* kichern. „Und ich finde, das passt auch total gut: Patricia Klüver – findet ihr nicht?" Pfff!

Als ob dieser Marvin sie gleich heiraten würde! In was für einer plüschigen Seifenblase lebte die Karamellbirne denn?

Aber uns sollte das nur recht sein, immerhin hielten sie ihre ~~kindischen~~ **dämlichen** Tagträumereien davon ab, das Floß zu bauen, mit dem sie gegen uns gewinnen wollte. Träum weiter!

Als Jo und ich aber mächtig außer Atem mit der letzten Runde Material zurück zu Nuca und Smilla kamen, fielen mir fast die Augen aus dem Kopf: Die bekloppten Zuckerpuppen waren JETZT AUF EINMAL NÄMLICH DOCH SCHON dabei, Kanister zusammenzubinden! *Wie geht das denn?*

„Frag lieber nicht nach …", murmelte Nuca, aber ich konnte fast nichts verstehen, weil sie dabei ganz, ganz doll auf einem Kaugummi rumschmatzte.

Smilla drückte ihr ~~blödes~~ Glücksauge so fest, dass ich befürchtete, es würde gleich in ihrer Hand zerspringen. Was nicht so schade gewesen wäre um das Auge, Smillas Laune vermutlich aber NOCH SCHLECHTER gemacht hätte … *Grummel, grummel.*

„Diese dämlichen Schachjungs haben denen das ganze Zeug rangeschleppt!", motzte meine AAAB-FADGWW vor sich hin.

„Aber warum machen die so was? Wollen die *selber* denn nicht gewinnen?", hakte ich fassungslos nach.

Doch als ich die hochgezogenen Augenbrauen von Smilla und Nuca sah, wusste ich schon, dass das irgendwie eine **nicht so intelligente** Frage gewesen war. Die Schachjungs passten nämlich ungefähr so gut in einen Film mit Marvin Klüver wie SCHNEEBÄLLE IN DEN

VORGEHEIZTEN BACKOFEN. Und zwar null Komma gar nicht!

Uns blieb jetzt also nichts anderes übrig, als uns mächtig ins Zeug zu legen!

Die meisten Teams waren schon dabei, die Anleitung umzusetzen, aber wir kamen trotzdem schneller voran als die anderen. Weil wir nämlich:

1. Smilla in unserer Gruppe hatten, und die war schlauer als Einstein und die Schachjungs zusammen!

2. die SICRET SISTAHZ waren – und das bedeutete übersetzt so viel wie „die schlausten und schönsten Gewinner der Welt!" Na ja, fast zumindest …

Auf jeden Fall lagen wir schon ganz bald **IN FÜHRUNG!**

Als wir unser Floß in Richtung Wasser schoben, gab es nur eine Gruppe, deren Floß auch beinahe fertig war – und das waren leider die ZUCKERPUPPEN! Dabei war für jeden blinden Maulwurf ersichtlich, dass die nur so schnell vorangekommen waren, weil die bekloppten Schachjungs (wer sagt eigentlich, dass Schach was *für Schlauköpfe* ist?) den Honigbirnen diktierten, was sie tun mussten.

„Keine Sorge, die hängen wir auf dem Wasser ab!", zischte Jo uns zu. „Die haben doch viel zu viel Schiss, sich die **Fingernägel** beim Paddeln zu ruinieren!"

Und damit hatte sie natürlich SO WAS VON recht!

Zumindest theoretisch …

In der Praxis lief die ganze Angelegenheit dann allerdings leider ein kleines bisschen anders ab – und zwar folgendermaßen:

- Wir stiegen ~~ein bisschen ungeschickt~~ VOLL ELEGANT auf unser Floß und stießen uns vom Ufer ab.

- Smilla steckte sich ihr bekopptes Glücksauge in den Mund, um es davor zu beschützen, unterwegs ins Wasser zu fallen (was leider ~~total dämlich~~ nicht ganz so schlau war, weil wir sie jetzt nicht mehr verstehen konnten, als sie rief, wir sollten das Paddel nicht vergessen).

- Und wir bemerkten unterwegs, dass wir unser Paddel vergessen hatten. *Grmpf* …

Auf jeden Fall versuchten wir dann mit den Händen voranzukommen, was raketenmäßig schwer war!

Noch blöder war aber, dass die ZUCKERPUPPEN mittlerweile auch ihr Floß bestiegen hatten – und ihr Paddel dummerweise nicht vergaßen, weil die Schachidioten sie daran erinnerten! Argh!

„Ist ja VOLL SÜß!", kicherte *Triiischa*, als sie keine zwei Meter mehr hinter unserem Floß waren. „Wenn ihr so weitermacht, seid ihr zu Weihnachten sicher auch an der anderen Uferseite angekommen!"

Ich wollte natürlich sofort einen VOLL SCHLAUEN und VOLL FIESEN Spruch erwidern – aber leider fiel mir in diesem Moment null Komma gar nichts Gutes ein. Mistekiste.

Nuca hingegen fiel etwas ein, was sie *Triiischa* erwidern konnte. Allerdings ging die Sache (leider) nach hinten los …

Sie richtete sich nämlich **ruckartig** auf, holte tief Luft, um *Triiischa* total ~~fies~~ angemessen zu beschimpfen – und spuckte ihr dabei versehentlich ihren Kaugummi an den Kopf. Was grundsätzlich nicht ganz unlustig war – hätte Nuca nicht gleichzeitig das Gleichgewicht verloren …

Weil ihre Handgelenksverbände aber unter KEINEN UMSTÄNDEN nass werden sollten, versuchte sie sich krampfhaft am Floß festzukrallen – und riss uns dabei mit sich ins Wasser! Platsch!

Natürlich hätten wir uns alle flitzeschnell wieder an Bord retten, Tempo aufnehmen und die ZUCKERPUPPEN haushoch abledern können, jawohl! Das Problem war nur:

Nuca wollte ihre Verbände **noch immer** nicht nass machen, deshalb hielt sie auch beide Hände weit über sich in die Luft gestreckt. Und wer schon mal probiert hat, mit weit nach oben gestreckten Armen zu schwimmen, weiß, dass das nicht so richtig gut funktioniert …

Nuca jedenfalls drohte hilflos unterzugehen wie ein Sack voller Backsteine – und das konnten wir natürlich um keinen Preis zulassen, weil: *Eine für alle, alle für …* Ihr wisst schon.

Als wir unser **S.i.S. (= Schwesterherz in Seenot)** endlich zurück ans Ufer gerettet hatten, sahen wir nicht nur, dass die ZUCKERPUPPEN das Ziel längst erreicht hatten, nein, auch die meisten anderen Gruppen waren mittlerweile auf dem Wasser.

Nur unser eigenes Floß dümpelte mutterseelenallein

irgendwo in der Mitte des Sees herum, weit entfernt vom Ziel und irgendwelchen Punkten … Seufz.

Und als ob das alles noch nicht schlimm genug gewesen wäre, spuckte jetzt auch noch Smilla ihr bekloptes Glücksbringerauge in den Sand – und es war irgendwie **GANZ GRUSELIG BESCHLAGEN** …

Smilla hielt erschrocken die Luft an und flüsterte: „Das bedeutet nichts Gutes. Überhaupt gar nichts Gutes …"

Und dieser Satz machte mich irgendwie **noch viel wütender**, weil:

Um zu erkennen, dass es ECHT nicht gut für uns lief, brauchte man ja nun wirklich kein blödes Glücksauge!!! Grmpf.

~~KAPITEL 17~~

In der Not hält man zusammen – im Zweifelsfall auch mit ~~dem Feind~~ den anderen …

Am WELTALLEROBERBLÖDESTEN war aber, dass Nucas Verbände dank unserer heldenhaften Rettungsaktion zwar **trocken** geblieben waren, ihre Handgelenke aber trotzdem wehtaten … Autsch!

„Vermutlich weil du sie so lange in die Luft gehalten hast", stellte Smilla fest und wischte sich die Brille trocken.

Herr Strunz und Frau Lipski fanden jedenfalls, dass Nuca ganz dringend einen Arzt aufsuchen sollte.

„Unser Arzt aus Bad Ödersen ist leider selber seit Wochen krank …", gab Tom geknickt zu, aber dann kam ihm doch noch ein guter Gedanke: „Der neue Tierarzt kommt heute zu Martha! Ich kann ihn zwar nicht sonderlich ausstehen, aber vielleicht kann er sich das ja trotzdem mal angucken."

Karamellkopf *Triiischa* schnappte das natürlich gleich

auf und kicherte: „Ob der vorher schon mal einen **Wal** untersucht hat …?"

Alle anderen Kinder fingen an zu lachen – alle außer Monti jedenfalls. Die lächelte Nuca nur ein bisschen unglücklich zu und schob sich ihre Glitzerbrille ins Gesicht, und ich merkte genau, dass sie insgeheim echt großes Mitleid mit unserem Schwesterherz hatte. Aber warum erkannte sie nicht endlich, dass sie neben *Triiischa* auf der VOLL FALSCHEN SEITE stand?! Echt jetzt!

Die AMIGOS zumindest lachten auch nicht. Stattdessen steckten sie ihre **noch immer vollgekritzelten** Gesichter zusammen und fingen an zu tuscheln.

Worüber sie tuschelten, konnte ich jetzt aber leider nicht in Erfahrung bringen, weil Tom uns im nächsten Moment schon zu seinem Moped winkte und wir auf den Anhänger stiegen, um zu Martha zu fahren. Brumm, brumm.

Einen Vorteil hatte die ganze Angelegenheit jedenfalls: Während Nuca vom Tierarzt neue Verbände bekam, konnten wir uns davon überzeugen, dass es Godzilla gut ging!

Der kleine Kerl freute sich S.A.U.M.Ä.ß.I.G. doll, Jo wiederzusehen, und tobte grunzend durchs Stroh.

„Er scheint dich vermisst zu haben", grinste Martha und zwinkerte Jo zu. Und ich war mir sicher, dass sie ganz genau wusste, dass Jo das Ferkel nicht erst an der Tankstelle kennengelernt hatte … Thihi.

Auf jeden Fall hatten wir SCHWESTERHERZEN unsere Sorgen fast vergessen, bis der Tierarzt nach Nucas Behandlung noch mal in den Stall kam und Martha seine Hand auf die Schulter legte. Tätschel, tätschel!

„Du kannst mich *jederzeit* rufen, wenn du Hilfe brauchst, meine Liebe", sagte er und schenkte ihr dabei ein ~~schmieriges~~ fürsorgliches Lächeln. „Und denk daran, die Tiere nachts **gut einzuschließen!**"

Tom schien die Geste mit der Hand und dem Grinsen ~~nicht so gut~~ KEIN BISSCHEN zu gefallen, denn er sah plötzlich ~~ganz eifersüchtig~~ ein wenig eingeschnappt aus.

„Martha weiß schon, was sie tut …", grummelte er leise, aber immerhin laut genug, dass der ~~schleimige~~ schicke Tierarzt es hören konnte.

Mit gerunzelter Stirn wandte er sich Tom zu: „Natürlich weiß Martha, was sie tut – aber dieser TIERDIEB weiß es auch! Letzte Nacht sind schon wieder vier Tiere aus der Nachbarschaft verschwunden!" Oh nein!

Das fand dann tatsächlich keiner von uns mehr lustig – nicht mal Tom!

Am meisten besorgt war aber Jo. Sie drückte Godzilla **ganz, ganz fest** an sich, und wollte überhaupt nicht mehr zurück zur Jugendherberge.

Erst als Martha ihr hoch und heilig versprach, den Stall in der Nacht FELSENFEST abzuschließen, gab sie nach und ließ sich gemeinsam mit uns von Tom zurückfahren.

Was uns in der Herberge erwartete, machte unsere Stimmung aber auch nicht besser. Herr Strunz hatte nämlich die Teamtafel in die Eingangshalle gestellt, und jetzt konnten wir alle SCHWARZ AUF WEIß sehen, dass es bisher nicht so richtig gut lief für uns Schwesterherzen. *Grmpf* …

TEAMNAME	MITGLIEDER	PUNKTE
AMIGOS	Neo, Kolja, Leo, Oskar	7
Die Pandas	Käthe, Lea, Bine, Paula, Klara	1

Schach-ist-cool	Simon, Xaver, Clemens	1
SCHWESTER-HERZEN	Bonnie, Smilla, Nuca, Jo	0
Die Rockstars	Coco, Alina, Max, Justina	5
ZUCKERPUPPEN	Trischa, Lenja, Rike, Monti	10
Die 4-Frage-zeichen	Franz, Paul, Lina, Mascha	1

Offenbar hatten es am Ende sogar die Schachidioten noch ins Ziel geschafft – nur wir hatten KEINEN EINZIGEN Punkt erzielt!

Aaaargh!

Während wir noch ungläubig vor der Tafel standen und unsere Niederlage anblinzelten, näherte sich aber schon die nächste Katastrophe, nämlich:

DIE AMIGOS!

„Wenn ihr euch jetzt über uns lustig machen wollt, könnt ihr euch das sparen!", zischte ich ihnen vorsorglich zu. „Wir haben nämlich noch ein paar GANZ HEIẞE EISEN im Feuer!"

Was natürlich ~~geflunkert war~~ nicht ganz der Wahrheit entsprach, sich aber trotzdem irgendwie gut anfühlte. Und wie!

Mein ~~bekloppter~~ Zwillingsbruder warf aber nur einen **geheimnisvollen Blick** über seine Schulter, und die anderen AMIGOS nickten ihm mit ihren **vollgekritzelten** Gesichtern zu. Und dann sagte Neo etwas, was ich **NIE IM LEBEN** erwartet hätte, nämlich:

„Wir kommen in Frieden." Wie bitte?!?

„In Frieden?" Ich sah in diesem Moment vermutlich ungefähr so verwirrt aus wie ein Hamster, der zwei Stunden in einer Wäschetrommel herumgeschleudert worden war, aber Neo nickte nur ernst.

„Wir wollen mit euch zusammenarbeiten", fuhr er geheimnisvoll fort.

„Bei der Olympiade …?", hakte Smilla skeptisch nach, weil sie der Sache nämlich auch überhaupt nicht traute.

„Bei den dämlichen ZUCKERPUPPEN", korrigierte ihr Weißbrot-Bruder Leo. „Aber wir sollten die Details nicht unbedingt hier besprechen …"

Und ich kann gar nicht sagen, was mich in diesem Moment mehr überraschte:

- dass Leo das Wort *Details* überhaupt kannte
- oder dass die AMIGOS sich tatsächlich mit uns SCHWESTERHERZEN gegen *Triiischa* verbünden wollten! Oha!

~~KAPITEL 18~~

Ich glaub, ~~mein Schwein~~ meine Kröte pfeift!

Natürlich ging es den AMIGOS am Ende irgendwie doch auch um die Olympiade. Sie wollten nämlich genauso dringend in dem Film mitspielen wie alle anderen auch – und konnten es ~~NIE UND NIMMER NICHT ERTRAGEN~~ nicht so gut verkraften, dass ausgerechnet die **ZUCKERPUPPEN** vorne lagen. *Verständlich!*

„Das ist aber nicht alles", erklärte Kolja ~~Kacknase~~, während wir im Gebüsch hinter den Garagen hockten und die Lage besprachen.

„Trischa macht sich unentwegt über Leo lustig, weil sie ihn für ~~dumm~~ nicht so schlau hält – und Oskar findet sie zu DICK!"

„Das ist ja *unglaublich!*", erwiderte Jo, und zum Glück bemerkten die AMIGOS nicht, dass sie dabei die Augen verdrehte. *Tihi.*

„Außerdem nennt sie uns ständig SCHNODDERBABYS, wegen unserer Schleimpistolen!", fügte Neo empört hinzu, und wir mussten uns ein Lachen verkneifen – weil wir insgeheim natürlich GENAU DASSELBE über die AMIGOS dachten! Aber pssst!

Trotzdem stand für uns alle fest, dass wir in einer Notsituation wie dieser unsere persönlichen Befindlichkeiten zurückstecken und gemeinsam an einem Strang ziehen mussten!

Immerhin ging es um die ZUCKERPUPPEN – die größte und schlimmste und dämlichste Plage seit dem Rückzug der Pest! Und schließlich wussten schon die alten Wikinger: *In der Not ist der Feind deines Feindes dein Freund!* Oder so ähnlich ...

„Was schlagt ihr vor?", flüsterte ich deshalb und kniff dabei entschlossen die Augen zusammen.

Die AMIGOS blickten sich verunsichert an und zuckten mit den Schultern.

„Na ja", sagte Leo schließlich. „Ihr könntet sie in eine Falle locken, und dann beschießen wir sie mit AMIGO-Schleim!" Peng!

Was natürlich lustig war, aber leider **keine so richtig schlaue** Idee!

„Das geht nicht!", erklärte Smilla leise. „Dann wissen die doch, dass wir alle unsere Finger im Spiel haben, und gehen petzen! Und dann kriegen wir am Ende Ärger mit Herrn Strunz!"

Das leuchtete sogar den AMIGOS ein.

„Wir müssen einen **richtigen Plan** aushecken", erläuterte ich. „Einen, bei dem NICHT sofort klar ist, dass wir dahinterstecken."

Und ich hatte auch schon eine VOLL GUTE Idee, wie dieser Plan aussehen konnte ... Harrharr.

Und tatsächlich lief auch alles wie am Schnürchen!

Am nächsten Morgen klingelte Smillas Wecker noch viel früher, aber diesmal brauchten wir nicht lange, um wach zu werden. Wir hatten nämlich eine Mission!

Blitzeschnell schlüpften wir in unsere Klamotten und huschten hinaus auf den Flur. Tatsächlich war es **mucksmäuschenstill,** denn alle anderen schlummerten noch tief und fest. Yes!

Außer Jo hatten wir alle mächtig gute Laune. Dass Jo heute Morgen ein wenig **GRUMMELIG** war, lag nicht an unserem Plan, sondern daran, dass ihre Klamotten immer noch nass waren von gestern und sie sich tatsächlich ein paar Sachen von uns hatte leihen müssen – und zwar:

- eine lila Leggings von mir
- **gelbe Schäfchensocken** von Smilla
- und ein viel zu weites Shirt von Nuca!

Und das alles zusammen sah schon raketenmäßig ~~bescheuert~~ ungewöhnlich aus … Thihi.

Als wir draußen im Gebüsch ankamen, stellten wir zum Glück fest, dass alles geklappt hatte. Die AMIGOS hatten ihren Teil der Vereinbarung offenbar eingehalten und in der letzten Nacht einen großen KORB VOLL MIT KRÖTEN am Ufer gesammelt.

Auf jeden Fall dröhnte uns jetzt ein **mächtig lautes Quakkonzert** entgegen, und als Nuca ganz kurz den Korbdeckel anhob, verzog sie das Gesicht. „Bääääh, sind die *schleimig* …"

„Wir sollen sie ja nur aussetzen!", stellte ich schnell klar, um noch mal zu unterstreichen, dass wir WIRKLICH den besseren Teil des Plans abbekommen hatten.

Unser **VOLL SCHLAUER** und **MÄCHTIG HINTERHÄLTIGER** Racheplan sah nämlich so aus:

- Die AMIGOS sollten nachts einen Haufen Kröten einfangen (Check!),

- die wir SCHWESTERHERZEN dann am frühen Morgen ganz heimlich im Zimmer der ZUCKERPUPPEN aussetzen würden! Harrharr!

Natürlich bestand die **allerallergrößte Schwierigkeit und Gefahr** darin, unbemerkt in das Zimmer der Honigköpfe zu gelangen.

„Wir könnten warten, bis sie duschen gehen“, schlug Smilla vor und klammerte sich MAL WIEDER an ihren ~~dämlichen~~ Glücksbringer. Tss.

Aber Jo schüttelte den Kopf. „Das ist viel zu gefährlich! Wenn die Gipsbirnen duschen, sind auch alle anderen schon wach, und wir können nicht mehr unbemerkt in ihr Zimmer schleichen.“

Damit hatte sie natürlich VOLLKOMMEN recht! Das war zu riskant.

„Dann müssen wir eben **jetzt sofort** in ihr Zimmer gehen und die Kröten unbemerkt freilassen“, entschied ich entschlossen.

„Und wenn sie wach werden, während wir im Zimmer

sind ...?", fragte Nuca unsicher nach, aber dieses Risiko mussten wir nun mal in Kauf nehmen. Weil: Wer nichts riskiert, kann auch nichts gewinnen! Ist so!

Unglücklicherweise kamen wir aber nicht mal **in die Nähe davon,** irgendwas zu gewinnen, weil wir nämlich auch nicht in die Nähe des Zimmers der Zuckerpuppen kamen!

Denn als Jo und ich den Krötenkorb gerade in die Eingangshalle trugen, stolperte Smilla über die Fußmatte und ließ ihr ~~total bescheuertes~~ Glücksauge fallen. Das zerbrach zwar nicht, schepperte aber SO LAUT, dass Nuca vor Schreck zurücksprang und VOLLE KANNE in Jo und mich hineinrasselte – und zwar **SO DOLL,** dass uns der Korb aus den Händen glitt und auf dem Boden landete! RUMS!

Dabei sprang natürlich der Deckel auf, und im NULLKOMMANIX waren **alle Kröten** aus dem Korb gehopst.

„~~Scheiße~~! Mist!", fluchte ich leise und blinzelte die anderen an. „Wir müssen die schnell wieder einfangen!"

Aber das war leider gar nicht so einfach, weil die Kröten nämlich

1. wirklich **TOTAL GLIBBERIG** waren und

2. in alle möglichen Richtungen davonhüpften! Argh!

Eine Richtung davon war leider: die Küche!

Doch das merkten wir erst, als ein **mächtig kreischiger Schrei** zu uns in die Halle herausdrang – und im nächsten Moment schepperte und klirrte es auch schon, als würde ein E.L.E.F.A.N.T. durch eine Porzellanabteilung spazieren!

Das Problem war nur, dass dieser Elefant hier kein sanftes, süßes Rüsseltier war, sondern: FRÄULEIN DUSCHHAUBE KOSLOWSKI!

Die war nämlich die Einzige, die außer uns schon wach war – und sie fand es offenbar **kein bisschen** amüsant, dass nun eine Handvoll Kröten durch ihr Küchenreich sprang … Ups.

~~KAPITEL 19~~

Der Schokokusstriumph

Was dann passierte, fanden wiederum wir SCHWESTERHERZEN kein bisschen lustig! Die watschelnde Duschhaube schlug nämlich nicht nur **wie von Sinnen** um sich und verschreckte die armen Kröten zu Tode, nein, sie SCHRIE auch die gesamte Jugendherberge zusammen. Kreeeeeiiiiiiisch!!!

Innerhalb weniger Sekunden waren alle aus ihren Betten gesprungen und betrachteten das Küchenchaos fassungslos.

Obermuffel Strunz fing die Kröten in einem alten Suppentopf ein und funkelte dann mächtig wütend in unsere Gesichter: **„Seid ihr dafür verantwortlich?!"**

Nuca, Smilla, Jo und ich blinzelten ~~ein bisschen dümmlich~~ mächtig verunsichert in der Gegend herum, aber nachdem wir noch den Korb mit den anderen Kröten in der Hand hielten, ließ sich unsere Beteiligung an der ganzen Sache kaum abstreiten … Mistekiste.

Strunzikowskis Kopf fing an zu glühen wie eine Lichterkette, die jeden Moment **DURCHZUBRENNEN** drohte – da trat plötzlich Kolja ~~Kacknase~~ aus der Gruppe unserer Mitschüler hervor.

„Bonnie und so haben das nur für uns getan. Weil sie nämlich die Kröten rausbringen wollten, die wir gestern ins Haus geschmuggelt haben." *Wie bitte?!* Er kratzte sich verlegen an der Stirn und flunkerte weiter: „Die Kröten haben sich voll unwohl gefühlt in dem Korb …"

Passierte das hier gerade ***wirklich?***

Ich jedenfalls hatte das Gefühl, ich würde **träumen** – und Smilla, Jo und Nuca ging es offenbar nicht anders! Wir alle starrten Kolja und die AMIGOS ziemlich dämlich irritiert an.

Dass ausgerechnet die AMIGOS für uns logen und die Verantwortung für den Schlamassel übernehmen wollten, haute uns mächtig von den Socken, und mir fielen ungefähr hunderttausend Dinge ein, die ich vorher für wahrscheinlicher gehalten hätte – zum Beispiel, dass:

→ Strunzebacke plötzlich keinen Mundgeruch mehr hatte!

→ mir Mathe wirklich **Spaß** machen würde!!

→ ich auf einmal gar keine Schwester mehr brauchen würde, weil ich meine Brüder SO TOLL fand!!! *Never ever!*

Trotzdem war genau so ein Fall jetzt eingetreten. (Also nicht das mit dem Mundgeruch oder den Brüdern, sondern das mit den AMIGOS!)

Jo, Nuca, Smilla und ich waren sprachlos …

Herrn Strunzkopf beeindruckte das alles aber offenbar nicht die Bohne. Und weil er:

1. keine Ahnung hatte, was er jetzt eigentlich glauben sollte, und

2. stinkewütend war, dass er unseretwegen in seinem oberpeinlichen Wölkchenpyjama vor der ganzen Klasse stand,

verdonnerte er einfach sowohl die AMIGOS als auch uns SCHWESTERHERZEN zum Küchendienst! *Gemein!*

Während die anderen also nach dem Frühstück hinaus in die Sonne strömten, mussten wir acht zu Frau Koslowski in die Küche schlurfen und zur Strafe **spülen** und **schrubben** und **wischen** – selbst die Dinge, die wir gar nicht schmutzig gemacht hatten! Frechheit!

Als ich mit Kolja den Müll rausbrachte, flüsterte ich ihm heimlich zu: „Warum habt ihr das getan? Ihr hättet doch einfach **die Klappe halten** können!"

Aber er schüttelte nur ganz entschlossen den Kopf und sah mich an.

„Wenn man zusammen einen Eintopf kocht, muss man ihn auch gemeinsam auslöffeln!"

Und da war ich schon ~~MONSTERMÄßIG~~ ein wenig beeindruckt! Obwohl Kolja mit seiner **Gesichtskritzelei** immer noch ~~mächtig~~ etwas dämlich aussah und ich Eintopf nicht ausstehen konnte … Thihi.

Als wir endlich fertig waren mit der Arbeit in der ~~Folterkammer~~ Küche, war der halbe Vormittag bereits verstrichen, und Tom trommelte alle Teams für den zweiten Wettkampf zusammen.

Obwohl wir die ZUCKERPUPPEN auf keinen Fall gewinnen lassen wollten, malten wir uns heute nicht so große Chancen aus. Weil wir nämlich

1. viel zu früh aufgestanden waren und

2. in der Küche schon einen Großteil unserer Superkräfte gelassen hatten … Doppel-Grmpf.

Smilla war die Einzige, die immer noch an ein Wunder glaubte. Ihr dämliches Glücksauge zeigte heute nämlich TÜRKIS – und das war angeblich **der Jackpot unter allen Farben!** Wer's glaubt, wird selig …

„Mein Gefühl sagt mir, das wird unser Tag!", wisperte sie aufgeregt und drückte ihrem Glücksbringer einen Kuss auf die Linse.

Ich war davon natürlich KEIN BISSCHEN überzeugt – zumindest nicht, bis Tom verkündete, in welcher Disziplin wir heute gegeneinander antreten sollten, nämlich im:

SCHOKOKUSSWETTESSEN! Hipp, hipp, hurra!

„Jedes Team entsendet heute nur einen Spieler, und der vertritt dann die ganze Mannschaft", erklärte Tom weiter. „Die Regeln sind ganz einfach: Der Spieler, der in einer Minute die **meisten Schokoküsse** verdrückt, holt den Sieg für sein Team! Aber Achtung: Die Hände dürfen nicht benutzt werden!"

Während die anderen Teams raunten und tuschelten, schauten wir SCHWESTERHERZEN uns nur ungläubig an – und brachen dann in ein VOLL LAUTES und VOLL ERLEICHTERTES Lachen aus.

Im Gegensatz zu einigen anderen Gruppen stand für uns nämlich vom ersten Augenblick an fest

- **wer** für unser Team antreten sollte und
- dass wir zu ZWEIHUNDERTPROZENT gewinnen würden!

„Das wird ein Kinderspiel", grinste Nuca und strich sich die Haare hinters Ohr.

Und wir alle wussten, dass sie damit so was von recht hatte. Oh ja!

Nuca würde nicht nur die meisten Schokoküsse verdrücken, nein, sie hatte auch keine Probleme, den Wettkampf **ohne ihre Hände** zu bestreiten – immerhin musste sie auf Letztere schon seit ein paar Tagen bei allen möglichen Dingen verzichten! Yes.

„Ich hab doch gesagt: Heute ist unser Glückstag!",

verkündete Smilla und hielt ihren ~~ollen~~ Anhänger strahlend in unseren Kreis.

Jo rollte mit den Augen, und ich hätte das insgeheim auch gerne gemacht, ließ es dann aber doch lieber sein. Weil es im Grunde nämlich egal war, ob Smillas Glücksauge recht hatte – wichtig war nur, dass Nuca uns diese zehn Punkte holen würde! Tschakalaka.

Während sich die meisten Teams auf einen Spieler einigten und am langen Gartentisch in Position brachten, diskutierten die ~~dämlichen~~ ZUCKERPUPPEN immer noch, wen sie ins Rennen schicken sollten.

„Ich kann das nicht machen!", flötete Rike. „In Schokoküssen ist nämlich Lactose drin – und die vertrag ich nicht!" Ist klar …

Lenja verschränkte die Arme vor der Brust. „Aber ICH vertrag **das Gluten** im Waffelboden nicht!"

Im nächsten Moment preschte *Triiischa* einfach mit einem voll gemeinen Vorschlag vor: „Wer ist dafür, dass Monti unser Team vertritt?"

Sie hob schnell ihre Hand, und Rike und Lenja taten es ihr natürlich gleich. Boah!

„A…a…aber …" Monti konnte gar nicht schnell genug stottern, da schoben die anderen sie bereits zum

Tisch. „Ich mag **keine Schokoküsse!** Mochte ich noch nie – da wird mir immer ~~kotzübel~~ total schlecht!"

Die anderen schien das aber kein bisschen zu interessieren.

„Du willst uns doch jetzt nicht hängen lassen?", zischte ihr *Triiischa* vorwurfsvoll zu. „Wir sind schließlich **Freunde!** Und du möchtest Marvin doch auch kennenlernen, oder?"

Monti biss sich auf die Lippe und nickte schließlich, aber sie sah dabei nicht besonders glücklich aus. Im Gegenteil!

Das machte aber keinen Unterschied, weil Tom im nächsten Augenblick bereits das Startsignal gab – und dann kam alles, wie es kommen musste:

Nuca verdrückte **sagenhafte 37 Schokoküsse** in einer Minute und riss den Sieg an sich! Hipp, hipp, hurra!

Auf Platz zwei folgte Oskar, der für die AMIGOS immerhin 21 Schokoküsse verspeiste, und insgeheim freute ich mich ein wenig für sie. Aber pssst!

Den dritten Platz sicherten sich die Pandas, aber das interessierte mich gar nicht mehr so sehr, denn als ich zu Monti blickte, merkte ich, dass sie wirklich richtig schlecht aussah!

Sie wischte sich etwas Zuckerschaum vom Mundwinkel – und dann fing sie auch schon an zu würgen und verschwand blitzeschnell in Richtung Toilette. Ürgs.

Triiischa verzog genervt das Gesicht. „Muss die jetzt etwa ernsthaft kotzen? Sie hat doch nur **zwei Schokoküsse** verdrückt!"

Und ich hätte ihr wirklich zu gerne ~~ans Schienbein getreten~~ meine Meinung gegeigt, aber stattdessen entschied ich mich für eine andere Maßnahme: Ich lief Monti hinterher!

Weil Schwesterherzen nämlich IMMER füreinander da sind – auch wenn sie gerade nicht im selben Team spielen …

~~KAPITEL 20~~

„Freundschaften" und andere Gemeinheiten

Monti war jedenfalls sehr dankbar dafür, dass ich ihr die Haare zurückhielt, während sie sich übergab. Wuäh!

Die ganze Angelegenheit war natürlich ~~nicht so lecker~~ überhaupt nicht **schön,** aber ich war mir sicher, dass sie im Notfall dasselbe für mich getan hätte. (Na ja, ich hoffte es zumindest …)

„Ich konnte die Dinger noch nie ausstehen", murmelte Monti, als sie endlich fertig war.

„Meinst du die Schokoküsse oder *Triiischa* und ihre Honigbirnen?", hakte ich nach und runzelte grinsend die Stirn. Und da musste sogar Monti ein klitzekleines bisschen lächeln. Thihi.

„Danke, dass du mir geholfen hast …", sagte sie schließlich und klappte den Klodeckel runter, um sich in der Kabine hinzusetzen und Luft zu holen.

„Ist doch Ehrensache!", erwiderte ich lässig. „Oder hast du schon **unseren Kodex** vergessen?"

Monti schüttelte erschöpft den Kopf und biss sich müde auf die Lippen – da hörten wir plötzlich, dass die Tür zum Bad aufgestoßen wurde und ein paar Mädchen an die Waschbecken traten.

„Mann, Monti hat echt **VOLL VERSAGT!**", hörten wir eine Stimme fluchen, und es bestand kein Zweifel daran, dass das Lenja war!

Ich wollte natürlich gleich aus unserer Kabine stürmen und ihr den Marsch blasen, aber Monti hielt mich panisch am Handgelenk zurück und schüttelte den Kopf. Dann legte sie sich den Finger auf die Lippen.

„Sei bitte leise", flüsterte sie, und ich tat ihr den Gefallen, obwohl es mir überhaupt nicht gefiel! Null Komma gar nicht!

Während sich die Honigbirnen die Hände wuschen, regten sie sich weiter über Montis Niederlage auf.

„Zwei Schokoküsse – das ist doch ein Witz!", schimpfte Rike, und dann mischte sich *Triiischa* ein: „Macht euch nicht ins Hemd, den Dickwanst hätte sie ohnehin nie im Leben schlagen können!"

Monti blinzelte mich erleichtert an, weil *Triiischa* sie tatsächlich verteidigt hatte, doch im nächsten Moment fing die Karamellbirne **total gehässig** an zu lachen: „Obwohl ... irgendwie wundert es mich schon, dass sie nicht mehr von den Dingern verdrücken konnte – immerhin sieht sie selber aus wie ein Schokokuss!" Wie bitte?!?

Ich konnte nicht glauben, was *Triiischa* gerade gesagt hatte! **Wie konnte sie nur so gemein sein?**

Total OBERAFFENWÜTEND griff ich nach der Türklinke und wollte aus unserer Kabine stürmen, aber Monti hielt mich ein weiteres Mal zurück.

Erst als wir hörten, dass die Mädchen das Bad verlassen hatten, ließ sie mich los.

„Hast du nicht gehört, was sie gesagt hat?", warf ich ihr verärgert an den Kopf.

„Das hat sie sicher nicht so gemeint ...", flüsterte Monti und trat vorsichtig aus der Kabine. Sie tat so, als würde es ihr **gut gehen,** aber ich konnte genau sehen, dass sie ~~ECHT ELEND AUSSAH~~ mächtig blass war um die Nasenspitze.

„Du darfst nicht länger mit denen zusammen sein!", stellte ich entschlossen klar. „Wir teilen uns einfach mein Bett, und das Team kannst du sicher auch wechseln und ..."

„Das geht nicht, Bonnie!“, erwiderte Monti. „Die drei sind schließlich meine Freundinnen …“ Was?!

Ungläubig sah ich ihr in die Augen. „Aber … du kannst doch nicht …“

„Bitte, Bonnie!“, unterbrach mich Monti ein weiteres Mal und blickte mich **hilflos** an. „Du hast ja Smilla und weißt nicht, wie sich so was anfühlt, aber ich … ich hatte noch nie richtige Freunde! Das hier ist wichtig für mich, okay? Also misch dich bitte nicht ein …“

Dann atmete sie tief durch und verschwand seufzend zur Tür hinaus.

Und ich konnte echt nicht sagen, was mich in diesem Moment mehr **SCHOCKIERTE:**

* dass Monti in den letzten Jahren offenbar so EINSAM gewesen war, dass sie diese Dumpfbirnen nun ERNSTHAFT als Freundinnen wahrnahm,

* oder dass ich *Triiischa* noch immer nicht ~~ans Schienbein getreten~~ meine Meinung gegeigt hatte! Und zwar mit Karacho!

Den Rest des Tages ging Monti mir jedenfalls aus dem Weg …

Sie kicherte und gackerte mit *Triiischa* und den anderen, als wäre null Komma gar nichts gewesen, und wenn sie doch mal meinen Blick streifte, schob sie sich hastig die Sonnenbrille vor die Augen und guckte weg. Hmpf.

Nuca, Smilla und Jo musste ich natürlich erzählen, was auf der Toilette passiert war, und auch sie waren alles andere als begeistert.

„Vielleicht braucht Monti einfach noch ein bisschen Zeit, bis sie versteht, dass das **keine echten Freundinnen** sind …", sagte Nuca schließlich verständnisvoll, und damit lag sie bestimmt richtig.

Fraglich war nur, ob es dann nicht zu spät war …

Eine Sache war auf jeden Fall ziemlich OBERMEGA-FANTASTISCH, nämlich **der neue Punktestand:**

TEAMNAME	MITGLIEDER	PUNKTE
AMIGOS	Neo, Kolja, Leo, Oskar	14

Die Pandas	Käthe, Lea, Bine, Paula, Klara	6
Schach-ist-cool	Simon, Xaver, Clemens	2
SCHWESTER-HERZEN	Bonnie, Smilla, Nuca, Jo	10
Die Rockstars	Coco, Alina, Max, Justina	6
ZUCKERPUPPEN	Trischa, Lenja, Rike, Monti	11
Die 4-Frage-zeichen	Franz, Paul, Lina, Mascha	2

Wir lagen zwar immer noch nur auf PLATZ DREI hinter den AMIGOS und den ZUCKERPUPPEN – aber keine von uns hegte auch nur den leisesten Zweifel daran, dass wir morgen beim großen Finale gewinnen würden! Tschakalaka!

„Wer nicht gewinnt, hat schon verloren!“, verkündete Smilla und küsste ihren Glücksbringer.

„Heißt es nicht: Wer nicht *kämpft,* hat schon verloren?“, versuchte Jo sie zu korrigieren, aber Smilla schüttelte nur den Kopf und grinste ein bisschen ~~irre~~ komisch.

„Unsinn! Das steht GENAU SO in diesem Buch über Kriegsführung, in dem ich immer lese!" Und als sie das sagte, blitzte schon wieder so ein total ~~unheimliches~~ merkwürdiges Flackern in ihrem Blick auf.

Wir sahen uns einen Moment lang ratlos an – und dann fingen wir alle VOLLE KANNE an zu lachen. Denn im Grunde hatte ~~Smilla~~ dieses Buch ja vollkommen recht: *Wer nicht gewinnt, hat eben verloren!*

Und das war für uns Schwesterherzen **ABSOLUT KEINE OPTION!** Ist so!

Auf jeden Fall beschlossen wir, uns jetzt alle ganz, ganz fest auf unser Ziel zu konzentrieren und:

- ERSTENS morgen zu gewinnen
- ZWEITENS mit Marvin Klüver in diesem Film zu spielen
- um dann DRITTENS reich und berühmt zu werden und mir endlich ein Pferd und ein Handy zu kaufen, jawohl! Oder so ähnlich zumindest …

Das Gute am Finalwettkampf war, dass wir uns schon darauf vorbereiten konnten. Es handelte sich nämlich um einen großen Hindernisparcours, bei dem wir

- uns an einem **Seil zwischen zwei Bäumen** hinüberhangeln mussten
- über ein paar **Holzpfähle balancieren** sollten
- eine Reihe alter **Suppendosen umwerfen** mussten
- in einem **Staffellauf** um den See rennen sollten
- und zum Schluss noch ein paar **OBERMEGASCHWERE Quizfragen** beantworten mussten. *Oha.*

Bis auf die Quizfragen konnten wir alles schon ausprobieren, und wir trainierten so lange, bis uns ~~die Arme die Beine~~ DER GANZE KÖRPER WEHTAT und Nucas Magen anfing zu knurren. *Roar.* (Dabei hatte sie wegen ihrer Verbände nur die Hälfte der Disziplinen absolviert …)

Und obwohl Frau Koslowski am Abend ~~oberekligen~~ nicht so leckeren Haferschleim kochte, verdrückten wir alle eine RIESENGROẞE Portion, weil wir nämlich RIESENGROẞEN Hunger vom Training hatten.

Bei Einbruch der Dunkelheit sollte eine Nachtwanderung durch den Wald stattfinden, was einerseits ~~OBERHAMMERCOOL~~ schon ganz nett war, uns aber andererseits etwas unter Zeitdruck setzte. Jo wollte nämlich unbedingt noch zu Godzilla in den Stall, und Smilla, Nuca und ich begleiteten sie natürlich. *Ehrensache!*

Als wir vier das Ferkel im Stroh herumtollen sahen, rutschte Smilla auf einmal ein überraschender Gedanke über die Lippen: „Vielleicht sollte Godzilla einfach für immer hierbleiben – er wirkt jedenfalls **ziemlich glücklich.**"

Aber Jo sah das natürlich ganz anders!

„Spinnst du?", zischte sie Smilla an und kniff wütend die Augen zusammen. „Godzilla gehört zu mir, verstanden? Und wenn wir nach Hause fahren, kommt er auf jeden Fall mit!"

Und obwohl ich fand, dass Smilla mit ihrer Beobachtung voll ins Schwarze getroffen hatte, traute ich mich nicht mehr, etwas zu sagen – weil Jo nämlich wirklich **mächtig, mächtig wütend** aussah … *Aber so was von!*

~~KAPITEL 21~~

Ein Auge auf Abwegen

Bevor wir wieder zur Herberge zurückspazierten, steckte Martha uns allen noch ein paar Müsliriegel zu.

„Die habe ich selbst gebacken", erzählte sie stolz. „Und ihr könnt sicher noch eine kleine Stärkung gebrauchen für den Parcours morgen, oder?"

Bis zum Parcours hielten die Müsliriegel nur leider gar nicht durch …

Sie rochen nämlich so köstlich und sahen so saftig aus, dass wir sie alle bereits auf dem Weg zurück verspeisten. Yummy, yummy!

„Schade, dass Martha nicht in der Herberge kocht", stellte Nuca fest. „Dann wäre das Essen sicher nicht so gruselig." Und in diesem Punkt mussten wir ihr alle recht geben …

Die Nachtwanderung, die Herr Strunzi und Frau Lipski organisiert hatten, war dann leider ~~total öde~~ nicht so spannend. Wir hatten nämlich total viele und total große Taschenlampen dabei, und deshalb wurde es im Wald auch **alles andere als** finster. Öde, blöde, Ödersen.

Lustig wurde es nur, als wir alle zurück in unsere Zimmer gingen. Irgendjemand hatte nämlich vor dem Aufbruch zur Nachtwanderung Zahnpasta an die Türklinke der ZUCKERPUPPEN geschmiert, und *Triiischa* schrie jetzt natürlich auf, als hätte sie ~~Kacke~~ irgendwas **ganz, ganz Ekliges** an der Hand. Thihi!

„Wer war das?", motzte Frau Lipski, und dabei zitterte der ~~Bart~~ Flaum über ihrer Lippe.

Aber keiner von uns meldete sich, und so blieb den Honigbirnen nichts anderes übrig, als die Schmierereien einfach selber wegzuwischen! Ätsch!

Das Beste war aber: Ich wusste genau, wer die Zahnpasta dorthin geschmiert hatte, weil ich den Geruch **OHNE JEDEN KLITZEKLEINEN ZWEIFEL** erkannte: Das war die ~~widerliche~~ Zahnpasta, die unser Papa immer extra für Neo aus Holland mitbrachte! Ich hätte aber eher eine Wagenladung Popel verschluckt, als meinen Zwillingsbruder und die AMIGOS jetzt zu verpfeifen!

Ihr wisst schon, wegen der Sache mit dem *Eintopf*

auslöffeln und so – und weil *Triiischa* es einfach so was von verdient hatte! Aber echt!

Obwohl wir nach der Nachtwanderung alle sofort ins Bett fielen und blitzeschnell wegratzten, waren wir am nächsten Morgen monstermäßig müde. Gähn!

Außerdem hatten wir Muskelkater vom Training – und all das zusammen waren **nicht gerade die weltallerbesten Voraussetzungen** für den großen Parcours.

Und dennoch waren wir entschlossen wie nie:

Wir würden die bekloppten ZUCKERPUPPEN auf jeden Fall abservieren, die Olympiade gewinnen und endlich reich und berühmt werden für den Rest unseres umwerfend schönen Lebens! Tschakalaka!

So war zumindest unser Plan …

In der Realität sah die Sache allerdings ein klein wenig anders aus.

Denn als Smilla ihren ~~dämlichen~~ Glücksbringer befragen wollte, wie die Chancen standen, dass sich heute all unsere Wünsche erfüllten, zeigte das olle Auge: NULL KOMMA GAR NICHTS!

Es war nämlich **nirgends** aufzufinden! Waaah!

„Mach dir keine Sorgen“, versuchte ich Smilla zu beruhigen. „Das Ding ist sicher nur irgendwo unters Bett gekullert oder so ...“

Aber Smilla machte sich EBEN DOCH Sorgen! Ihr Glücksauge lag nämlich weder unter einem unserer Betten noch sonst irgendwo im Zimmer, nein, es war tatsächlich: VERSCHWUNDEN! Und Smilla war darüber so begeistert, wie wenn ihr alle Zähne gleichzeitig ausgefallen wären! Autsch!

Sie tigerte in unserem Zimmer herum wie ein Affe, der **SIEBZEHN LITER KAFFEE** getrunken hatte, und raufte sich fortwährend die Haare.

„Das ist ein schlechtes Omen, ein ganz, ganz schlechtes Omen!“, murmelte sie panisch vor sich hin. „Wenn mein Glücksbringer weg ist, müssen wir uns auf DAS SCHLIMMSTE gefasst machen, hört ihr? DAS ALLER-ALLERSCHLIMMSTE!!!“

Und so, wie sie das sagte und dabei mit den Augen klimperte, klang es, als würde gleich ein fünfbeiniger Werwolf durch unsere Zimmertür spazieren und uns alle bei lebendigem Leibe auffressen! Oha ...

Jo rollte mit den Augen und stieß einen Seufzer aus, weil sie

- ERSTENS schon wieder Klamotten von uns tragen musste
- und ZWEITENS genauso wenig wie ich verstehen konnte, warum Smilla so an dem ~~blöden~~ Glasding hing …

Trotzdem versuchte sie jetzt, **sehr, sehr verständnisvoll** zu klingen. „Wo hast du das Teil denn zuletzt gehabt?"

Smilla hielt einen Moment inne, dachte nach – und riss dann erschrocken die Augen auf. „Die Nachtwanderung! Ich muss den Glücksbringer im Wald verloren haben!"

„Bist du sicher?", hakte Nuca nach und schob sich schnell einen Kaugummi in den Mund, weil ihr Magen knurrte und wir noch nicht gefrühstückt hatten.

„Natürlich bin ich **NICHT** sicher, sonst müsste ich mir ja keine Sorgen machen!", fuhr Smilla sie ungehalten an und merkte dann, dass sie sich wohl ein klein wenig im Ton vergriffen hatte! Ups.

Geknickt ließ sie sich aufs Bett sinken. „Ich weiß nur, dass ich ihn im Wald zuletzt in der Hand hatte …"

Nuca, Jo und ich warfen uns einen unsicheren Blick

zu – und dann marschierte Nuca auf die Zimmertür zu. „Also los, worauf wartet ihr?"

„Ich hab keine Lust auf Frühstück …", flüsterte Smilla.

„Wer sagt denn, dass wir frühstücken gehen?", erwiderte Nuca und grinste, während sie auf ihrem Kaugummi herumschmatzte. „Wir gehen in den Wald und suchen deinen Glücksbringer!" *Wie bitte?*

Überrascht hob Smilla den Kopf und blinzelte uns an. „Aber … du hast doch Hunger, Nuca. Und wir wollten heute Vormittag noch trainieren für **den großen Parcours** am Nachmittag …"

„Wir sind SCHWESTERHERZEN, schon vergessen?", erwiderte Nuca. „Wir halten zusammen, wenn eine von uns in Not steckt – wir haben schließlich auch Montis Brille aus dem Klo gefischt!"

Und obwohl ich nur ganz wenig nachvollziehen konnte, dass Smillas Auge **ein Notfall** war, musste ich Nuca wohl oder übel zustimmen.

„Ein für alle, alle für DICH!", sagte ich und zog Smilla vom Bett hoch.

Natürlich war es ~~gar nicht so einfach~~ monstermäßig schwer, denselben Weg wiederzufinden, den wir gestern auf unserer Nachtwanderung durch den Wald gegangen waren.

Es ist nämlich so, dass:

DER WALD (FAST) ÜBERALL GLEICH AUSSIEHT! Grmpf …

„Waren wir hier nicht eben schon …?", hakte ich vorsichtig nach, als wir zum dritten Mal um eine Birke mit ~~süßen~~ total peinlichen Herzschnitzereien im Stamm herumschlichen.

„Nein", erwiderte Smilla und schob sich oberlehrerhaft die Brille zurecht. „Im letzten Stamm stand M ♡ T und hier steht eindeutig P ♡ F!"

Und damit hatte sie vermutlich wieder mal recht – Smilla ist nämlich nicht nur O.B.E.R.M.O.N.S.T.E.R.-S.C.H.L.A.U., sondern sie hat auch ein raketenmäßig gutes Gedächtnis. Ist so …

Leider half uns dieses Gedächtnis bei der Suche nach ihrem ~~ollen~~ Auge kein bisschen weiter. Nachdem wir über eine Stunde durch den Wald ~~geirrt~~ geschlichen waren, hatten wir nämlich immer noch NULL KOMMA GAR NIX gefunden. Seufz.

Als wir gerade ~~aufgeben~~ unseren Plan modifizieren wollten, hielt Jo plötzlich ganz erschrocken inne und legte sich den Finger auf die Lippen:

„Habt ihr das auch gehört?"

Smilla, Nuca und ich warfen uns einen irritierten Blick zu, weil wir nämlich **GAR NICHTS** gehört hatten.

Jo war sich aber ganz sicher. „Ich glaub, das war ein Tier oder so…"

„Nee", säuselte Nuca kleinlaut. „Das war nur mein Magen, der knurrt nämlich ein wenig …" Roooaaar!

Jo schüttelte den Kopf und winkte uns leise mit sich durchs Gehölz – und dann sahen wir TATSÄCHLICH etwas – und zwar:

- eine kleine **heruntergekommene Holzhütte,**
- den grünen Lieferwagen von der Tankstelle
- und den dazugehörigen Schmuddelhosenfahrer!

Seine Haare klebten immer noch wie ein Helm an seiner Stirn, und während er den rostigen Wagen von allen Seiten überprüfte, sprach er in ein altes Handy: „Ja, hat alles geklappt! Die neue Ladung ist in der Hütte, ein paar der Viecher haben mächtig Alarm geschlagen …"

Smilla, Nuca, Jo und ich hockten oberagentenmäßig hinter einem umgeknickten Baumstamm und spitzten neugierig die Ohren.

„Von was für *Viechern* spricht der denn …?“, fragte ich leise, aber Jo blickte mich sofort **ganz, ganz finster** an, was wohl hieß, dass ich schnell die Klappe halten sollte. Grmpf.

Der Mann hatte mich jedenfalls nicht gehört und plapperte einfach weiter:

„Auf dem Schlossmarkt? Ist da nicht zu viel los …? – Okay, ich könnte in einer Stunde da sein.“

„Ich glaub, der will wieder Tiere mit seiner Klapperkiste in der Gegend rumfahren“, zischte Jo ultraleise. „Aber er hat die Rechnung ohne uns gemacht!“

Smilla runzelte die Stirn. „Willst du ihn etwa davon abhalten …?“

Doch noch bevor Jo nicken konnte, passierte etwas **monstermäßig Blödes!** Nucas Magen knurrte nämlich SO LAUT, dass sie sich selbst erschrak und das Gleichgewicht verlor! Wie ein Maikäfer landete sie auf dem Rücken, und dabei knackte und knirschte eine Handvoll Äste unter ihrem ~~dicken~~ kräftig gebauten Körper. Mistekiste!!!

Und obwohl sie sich ganz sicher bemüht hatte, möglichst leise zu fallen, hörte der Schmuddelhosenmann die Geräusche aus dem Wald und kniff die Augen zusammen: „Ich muss auflegen – da ist jemand!“

Dann beendete er tatsächlich das Telefonat und schlich langsam auf den Baumstamm zu, hinter dem wir uns versteckten.

„~~Scheiße~~! Mist!“, flüsterte ich und blickte panisch zu den anderen. „Was machen wir jetzt?“

Eigentlich hatte ich damit gerechnet, dass Smilla eine gute Idee hatte, weil sie ja Smilla war und IMMER eine gute Idee hatte. Aber stattdessen war es Jo, die uns nun unvermittelt und ziemlich laut ihren Plan unterbreitete. Und der sah so aus:

„LAUFT UM EUER LEBEN!!!“

Und genau das taten wir dann auch! Im Nullkommanix sprangen wir aus unserem Versteck und begannen zu rennen! Dabei blieben wir ~~natürlich~~ leider nicht unentdeckt …

„Hey!!! Stehen bleiben!“, schrie Mister Schmuddelhose und versuchte uns einzuholen – aber er hatte nicht den Hauch einer Chance! Wir waren nämlich ultraoberschnell! Swoosh!

Selbst Nuca, die sonst ~~etwas träge~~ nicht ganz so sportlich war, sprang jetzt wie ein junges Reh über das Gehölz hinweg und flog zwischen den Baumstämmen hindurch.

Wir rannten und rannten und rannten, selbst dann noch, als von der Schmuddelhose hinter uns nichts mehr zu sehen und zu hören war!

Erst als wir an der Jugendherberge aus dem Wald purzelten, ließen wir uns ins Gras fallen.

Und obwohl wir gar nicht wussten WARUM, mussten wir alle plötzlich ganz furchtbar lachen. Es war nicht so ein **leises Kichern oder Glucksen,** nein, es war **ein lautes kräftiges Lachen,** das von ganz unten aus unseren Bäuchen heraufrollte! Wir hatten es geschafft, ja, wir waren dem Feind entkommen! Tschakalaka!

Doch als wir uns auf alle viere hochkämpften und aufstehen wollten, verging uns das Lachen plötzlich wieder – denn so ganz hatten wir den Feind wohl DOCH NICHT abgeschüttelt. Zumindest nicht den, der jetzt vor uns stand …

~~KAPITEL 22~~

Manchmal muss man sich entscheiden

Obermotzkopf Strunz blinzelte uns mächtig verärgert an, während wir uns auf dem Rasen aufrichteten.

„Wo seid ihr gewesen?", brüllte er – dabei war Brüllen eigentlich echt nicht nötig, weil wir direkt vor ihm standen. Tss.

„Wir … haben gestern etwas im Wald verloren", setzte ich an, aber Stanislaus Muffelmund ließ mich KEIN BISSCHEN ausreden.

„Habt ihr eine Vorstellung davon, was für Sorgen wir uns gemacht haben, als ihr nicht zum Frühstück gekommen seid?"

Ehrlich gesagt sah er dabei nicht gerade **besorgt** aus, sondern eher monstermäßig wütend! Und er ließ uns auch gar nicht zu Wort kommen, sondern pöbelte immer weiter und immer lauter und immer wilder:

„Wie könnt ihr einfach verschwinden, **ohne euch abzumelden?** Euch hätte sonst was passieren können!

Wir haben schon das ganze Haus abgesucht und das Gelände und den See!"

Das Schlimmste an seinem Gemotze war aber nicht, dass wir nicht dazu kamen, uns zu dem Vorfall zu äußern, sondern

→ dass immer wieder Speicheltropfen aus Strunzis Mund in unsere Richtung flogen

→ und er SO LAUT schrie, dass sich innerhalb weniger Sekunden die GANZE ~~VERDAMMTE~~ KLASSE mit Frau Lipski und Tom um uns versammelt hatte! Peinlich …

Als ihm dann endlich die Luft ausging, starrte er uns verärgert an.

„Was habt ihr zu **eurer Verteidigung** zu sagen?"

Nuca, Smilla, Jo und ich warfen uns einen Blick zu, um zu klären, wer von uns am besten sprechen sollte – aber zum Sprechen kamen wir gar nicht mehr.

Im nächsten Moment zischte nämlich Martha auf ihrem Fahrrad auf den Rasen, und sie war mächtig außer Atem.

„Die Tiere …", japste sie und klopfte sich mit der Hand auf die Brust, um wieder Luft zu bekommen.

Tom runzelte besorgt die Stirn und ging auf sie zu. „Ist alles in Ordnung?"

Martha schüttelte den Kopf und setzte zu einem neuen Versuch an: „Die Tiere … sie sind …" Unglücklich blickte sie erst zu Tom und dann in unsere Gesichter. „Sie sind verschwunden!" *Waaaas?!?*

Jo fand ihre Sprache als Erste wieder. „Was soll das heißen – **SIE SIND VERSCHWUNDEN?**"

Martha stützte sich auf ihren Knien ab. „Ich wollte eben Futter in den Stall bringen, und da waren alle weg!"

„Etwa auch Godzilla?" Plötzlich war Monti aus der Gruppe getreten und schob sich besorgt ihre Sonnenbrille aus dem Gesicht.

Triiischa und ihre Honigköpfe starrten sie natürlich gleich total entgeistert an.

„Wer ist denn *Godzilla* …?", fragte die Karamellbirne, aber Nuca zischte ihr ganz entschieden zu: **„Halt einfach mal die Klappe!"** *Richtig so!*

„Es tut mir so leid!", jammerte Martha und blickte dabei immer wieder zu Jo. „Es tut mir so, so leid, ich … ich weiß nicht, wie das passieren konnte!"

Jo war plötzlich mordsmäßig blass im Gesicht, und irgendwie sah es aus, als würde sie gleich in Ohnmacht fallen.

„Dann gibt es diesen Tierdieb also wirklich …", stellte Tom fest, und er war nicht gerade glücklich über diese Erkenntnis.

„Was denn bitte für ein *Tierdieb?*", hakte Herr Strunz nach und machte damit mal wieder deutlich, dass er wirklich GAR NICHTS kapierte. (Außer Mathe vielleicht, aber das half uns ja jetzt auch nicht weiter. Tss!)

Tom blendete seine Frage einfach aus. „Wir müssen **zur Polizei!**"

„Nein!", sagte ich entschieden, denn plötzlich fiel es mir wie Schuppen von den Augen. „Wir müssen zurück in den Wald!"

Und dann erzählte ich allen, was wir bei der kleinen Hütte beobachtet hatten.

„Das ist doch Blödsinn!", fasste Oberlehrer Stanislaus zusammen.

„Das ist eine **Spur!**", korrigierte ihn Tom und blickte ihn so eindringlich an, bis er schließlich mit den Schultern zuckte.

„Meinetwegen. Dann geht halt zurück zu dieser Hütte – aber wir fangen in einer halben Stunde schon mit dem letzten Wettkampf an!" Mit bedrohlich hochgezogenen Augenbrauen funkelte er unser Team an. „Wenn ihr jetzt geht, werdet ihr disqualifiziert und habt keine Chance mehr auf den Sieg!" *Wums!*

Seine Worte trafen uns wie ein **oberunfairer Schlag** mitten in die Magengrube! Eigentlich hatten wir vorgehabt zu gewinnen – und jetzt sollten wir von vornherein darauf verzichten?

Jo ließ verzweifelt den Kopf hängen. „Ist schon in Ordnung. Ich gehe mit Tom alleine zurück – dann könnt ihr immer noch gewinnen!"

Aber Smilla, Nuca und ich mussten uns **nicht mal mehr** einen Blick zuwerfen, um zu wissen, was wir tun würden.

„Vergiss es!", sagte ich und streckte meine Hand in die Mitte. „Wir gehen gemeinsam!"

„Wir sind schließlich SCHWESTERHERZEN!", stimmte Nuca zu und stellte sich zu mir.

Und dann legte auch Smilla ihre Hand auf unsere. *„Eine für alle, alle für …?"*

Gemeinsam blickten wir zu Monti rüber.

„Was ist …?", fragte ich. „Bist du dabei?"

Monti zögerte einen Moment, doch dann machte sie einen Schritt auf uns zu.

Im nächsten Augenblick packte *Triiischa* **blitzeschnell** ihr Handgelenk und funkelte sie entgeistert an. „Spinnst du? Du musst dich jetzt mal entscheiden: Gehörst du ins Gewinnerteam oder zu *denen da?*" Boah!

Unsicher blickte Monti von uns zu *Triiischa* und wieder zurück. „Ich … ich … weiß nicht …"

Ungläubig schüttelte ich den Kopf und blickte Monti ganz, ganz tief in die Augen. Wie konnte sie auch nur einen Moment zweifeln, welche die richtige Entscheidung war?

„Kommt schon. Wir sollten keine Zeit mehr verlieren …", sagte Nuca schließlich, auch wenn sie dabei ~~ein bisschen~~ mordsmäßig enttäuscht klang.

Und dann rannten wir wieder zurück in den Wald – gemeinsam mit Tom und Martha. **Aber ohne Monti …** Seufz.

Dass Monti ihre SICRET SISTAHZ im Stich ließ, war aber nicht die einzige blöde Erkenntnis, nein! Als wir bei der Hütte ankamen, mussten wir nämlich feststellen, dass der grüne Lieferwagen weg war – genauso wie der Mann und die Tiere! Oh nein!

„Und jetzt …?", japste Martha, weil sie schon wieder ganz schön außer Atem war.

Da fiel Smilla plötzlich etwas VOLL WICHTIGES ein: „Der Schlossmarkt! Er hat irgendwas von einem Schlossmarkt gesagt vorhin am Telefon! Gibt es so was hier in der Nähe?"

Tom runzelte die Stirn. „In **Bad Ebenso** drüben auf der anderen Seeseite ist heute Markt auf dem Schlossplatz …"

„Das muss es sein!", erkannte Martha. „Vielleicht will er die Tiere dort verkaufen!"

„Worauf warten wir dann noch?", fragte Jo, und endlich kam wieder etwas Farbe zurück in ihr Gesicht. „Lasst uns den **Mistkerl** schnappen. Ihr wisst doch, wie es heißt, oder? *Wer nicht gewinnt, hat schon verloren!*"

Und während Tom und Martha sich noch ein bisschen dümmlich irritiert anstarrten, mussten wir SCHWESTERHERZEN grinsen – denn wir hatten nicht vor zu verlieren! Bäm!

~~KAPITEL 23~~

Unverhofft kommt (manchmal ECHT) oft!

Als wir zurück zur Jugendherberge kamen, rannte Tom mit Martha zu den Garagen, um das Moped bereit zu machen und Helme für uns alle zu besorgen.

„Der Anhänger steht in der Einfahrt!", rief Tom. „Wenn ihr wollt, könnt ihr schon einsteigen!"

Natürlich wollten wir das – aber ich hatte erst noch etwas anderes MÄCHTIG WICHTIGES zu erledigen. Jawohl!

„Geht ruhig schon vor", sagte ich zu meinen weltbesten Schwestern. „Ich komme gleich nach!" Und bevor sie noch weiter nachhaken konnten, verschwand ich auch schon im Herbergshaus.

Wie vermutet befanden sich die AMIGOS in den letzten Vorbereitungen für den großen **Finalwettkampf.** Als ich an ihre Zimmertür klopfte, blinzelte mich Kolja ~~Kacknase~~ erst ganz skeptisch an, aber dann nickte er und winkte mich zu den Jungs ins Zimmer rein.

„Eigentlich müssten wir euch Mädchen ja böse sein, weil ihr uns immer habt glauben lassen, Godzilla wäre ein mächtig mieser Riesenhund", erklärte Kolja etwas grimmig. „Dabei ist er in Wirklichkeit nur ein kleines Ferkel!" Ups.

Diesen Umstand hatte ich in all der Aufregung tatsächlich vergessen …

Aber irgendwie schien das alles den AMIGOS jetzt gar nicht mehr so wichtig zu sein.

„Habt ihr ihn schon gefunden?", hakte Neo nach und klang dabei beinahe ein wenig besorgt.

Ich schüttelte den Kopf. „Leider nicht – aber wir haben eine heiße Spur!"

„Und was haben wir damit zu tun?", fragte Leo neugierig.

„Gar nichts", sagte ich und blickte den Jungs dann ganz fest in die Augen. „Ihr müsst bitte nur eines tun: UND ZWAR GEWINNEN!"

„Hä?" Oskar sah mich ~~dämlich~~ irritiert an.

Ich presste entschlossen die Lippen aufeinander. „Ihr müsst mir einfach versprechen, dass ihr diese Olympiade gewinnt, okay? Wir können das leider nicht mehr übernehmen – und *Triiischa* und ihre ~~blöden~~ ZUCKER-

PUPPEN dürfen auf keinen Fall den Sieg einfahren! Weil sie nämlich gemein sind und dämlich und das alles nicht verdient haben!" Echt jetzt!

Die Jungs starrten mich einen Moment lang überrascht an, aber dann verstanden sie wohl, dass ich es

1. **monstermäßig ernst** meinte und

2. ABSOLUT recht hatte! Aber so was von!

„Geht klar, kleine Schwester!", sagte Neo und grinste.

(Das *„kleine Schwester"* war natürlich TOTAL ÜBERTRIEBEN, weil ich in Wirklichkeit nur sieben Minuten nach ihm geboren wurde, aber ich nahm es ihm jetzt trotzdem nicht übel …)

Als ich dankbar nickte und zur Tür wollte, rief er mich noch mal zurück: „Bonnie, warte!"

Dann blickte er zu Leo – und der kramte unter dem Bett und überreichte mir schließlich:

VIER PISTOLEN MIT OBEREKLIGEM AMIGO-SCHLEIM! Würgs.

Bevor ich fragen konnte, was ich damit sollte, sagte Neo: „Die kannst du vielleicht gebrauchen, wenn ihr dieses Schwein rettet."

Und ich kann mich nicht erinnern, jemals zuvor in meinem Leben so froh gewesen zu sein, einen Bruder zu haben.

Auch wenn er mir meistens natürlich ziemlich auf den Senkel ging … Hehe.

Als ich in der Einfahrt ankam, war von Tom, Martha und dem Moped immer noch nichts zu sehen, aber meine Schwesterherzen saßen schon auf dem offenen Anhänger.

Leider blieben wir nicht lange genug allein, als dass ich den Mädels von der großzügigen Leihgabe der AMIGOS hätte erzählen können, denn im nächsten Moment traten auch *Triiischa*, Lenja, Rike und Monti aus dem Haupthaus in die Einfahrt hinaus.

Monti sah immer noch ~~ein bisschen geknickt~~ mächtig bedröppelt aus und hakte vorsichtig nach: „Habt ihr Godzilla gefunden …?"

Aber wir kamen gar nicht dazu zu antworten, weil das Karamellköpfchen nämlich schon wieder **total gehässig** zu lachen begann.

„Ich will ja nicht drauf rumtrampeln, aber: Ihr habt irgendwie KEIN SCHWEIN gehabt, was?" Dabei kicherte sie VOLL DÄMLICH und stieß die anderen Mädchen an. Boah!

„Jetzt ist Schluss!", presste ich zwischen meinen Zähnen hervor – und um zu beweisen, dass ich das auch wirklich so meinte, hob ich eine der Schleimpistolen und richtete sie DIREKT auf *Triiischa!* Ha!

Monti verzog das Gesicht, und Lenja und Rike hielten augenblicklich die Luft an, nur die blöde Karamellbirne grinste **noch etwas** dämlicher und schüttelte den Kopf.

„Das willst du nicht wirklich tun!", sagte sie und zog dabei die Augenbrauen in die Höhe.

„Nenn mir einen guten Grund, warum ich es NICHT tun sollte!", zischte ich zurück, den Finger fest am Abzug.

Aber *Triiischa* sagte kein Wort. Stattdessen griff sie in ihre Hosentasche und holte einen kleinen gläsernen Gegenstand hervor.

„Das … das ist mein Glücksbringer!" Oh nein!

Wenn Smillas Mund nicht so **staubtrocken** gewesen wäre, hätte sie sich garantiert an ihrer eigenen Spucke verschluckt. Auf einmal war sie stinkekäsebleich – und Nuca, Jo und ich sahen nicht anders aus.

Triiischa und ihre ZUCKERPUPPEN hatten Smillas Anhänger geklaut? Das ging wirklich zu weit!

Offenbar waren wir aber nicht die Einzigen, die das so sahen, denn plötzlich schob sich Monti ihre Glitzerbrille aus dem Gesicht. Ungläubig blinzelte sie *Triiischa* an. „Du hast **Smillas Glücksauge** gestohlen?!"

Die Karamellbirne zuckte mit den Schultern. „Tu doch nicht so, als ob du das nicht gewusst hättest!"

„Aber ... ich HAB es nicht gewusst!" Hilflos blickte Monti zu uns rüber, und auch wenn ich immer noch ein bisschen enttäuscht von ihr war, konnte ich genau erkennen, dass sie die Wahrheit sagte. Auf jeden Fall!

„Selbst wenn ...", fuhr *Triiischa* fort. „Es ist doch nur ein **blödes hässliches Glasauge!**"

Und damit hatte sie natürlich recht.

Der Punkt war nur: Es war SMILLAS *blödes hässliches Glasauge!*

„Gib Smilla den Anhänger zurück!", grummelte ich und richtete die Schleimpistole direkt auf *Triiischas* Gesicht – jederzeit bereit abzufeuern. Peng!

„Vergiss es", grinste die Honigbirne. „DU gibst mir jetzt diese Pistole – sonst schmettere ich das Auge auf den Boden! Und da es **aus Glas** ist und diese Einfahrt hier **aus Stein**, fürchte ich, dass es den Aufprall leider nicht überleben wird …"

Und so wie sie *leider* sagte, merkten wir alle, dass es ihr in Wahrheit NICHT DIE BOHNE leidtat!

Trotzdem war unser Handlungsspielraum begrenzt. Grmpf.

Smilla kniff nämlich panisch die Augen hinter ihrer schiefen Brille zusammen und drohte zu hyperventilieren. „Ich … wir … mein Glücksbringer!"

Triiischa aber schien das nicht sonderlich zu beeindrucken. Sie hielt den Anhänger hoch über den Asphalt und fing an zu zählen: „Eins … ZWEI …"

Und im Gegensatz dazu, wenn meine Mama zählte, war ich mir jetzt absolut sicher, dass diesmal bei DREI eben doch etwas Schreckliches passieren würde.

Und weil ich wusste, dass Smillas Herz zerbrechen würde, wenn ihr ~~blödes~~ **geliebtes Auge** kaputtging, senkte ich seufzend die Schleimpistole und hielt sie *Triiischa* hin. Grmpf.

Doch *Triiischa* kam gar nicht dazu, sie entgegenzunehmen – denn im nächsten Moment verzog Monti ihr Gesicht plötzlich zu einer ECHT BÖSEN Fratze und trat der Karamellbirne VOLLE KANNE ans Schienbein! Wumms!

Während *Triiischa* noch aufschrie und ihr Bein umklammerte, schnappte sich Monti Smillas Glücksauge.

„Spinnst du?“, fauchte *Triiischa* sie an.

„Das war dafür, dass du mich SCHOKOKUSS genannt hast!“, pfefferte Monti zurück – und trat dann **MIT KARACHO** gegen ihr zweites Schienbein. „Und das dafür, dass du meine SCHWESTERN bestohlen hast!“

Ungläubig beobachteten Nuca, Smilla, Jo und ich, wie Monti zu uns auf den Anhänger stieg und Smilla das Auge überreichte.

„Tut mir leid“, sagte sie und blickte uns dabei mächtig schuldbewusst an. „Es hat etwas gedauert, bis ich verstanden hab, was **wirklich wichtig** ist. Könnt ihr mir verzeihen …?“

Anstatt zu antworten, hob ich mein Handgelenk und zeigte unser **TATTOO**.

„Eine für alle …“, sagte ich und musste grinsen.

Monti zog ihr ~~bekloptes~~ Schweißband ab und drückte ihr Herz mitten auf meines: „Alle für UNS!“

Und dann fielen wir SICRET SISTAHZ uns lachend in die Arme.

Rike und Lenja halfen unterdessen Trischa auf.

Die funkelte Monti **ganz giftig** an. „Du hast doch nicht alle Tassen im Schrank!!!"

„Mag sein", erwiderte Monti und grinste, als hätte sie gerade im Lotto gewonnen. „Aber dafür hab ich DIE VIER BESTEN SCHWESTERN DER WELT – und das ist mehr wert als jeder blöde Sieg an deiner Seite!" Bäm!

Und damit lag sie so was von richtig!

„Jetzt verschwindest du besser", sagte ich und richtete die Pistole warnend auf sie. „Denn sonst tropft dir beim Parcours der Schleim aus den Ohren!"

Triiischa presste schnaubend die Lippen aufeinander – und dann verschwand sie mit Lenja und Rike hinterm Haus. Yes!

Erleichtert ließ ich mich zurücksinken.

Smilla drückte ihr ~~olles~~ Glücksauge überglücklich an sich und Monti lächelte.

„Du weißt schon, dass du nicht mehr in diesem Film mitspielen kannst, wenn du jetzt mit uns fährst, oder?", sagte Jo und schob sich die Mütze aus der Stirn.

Monti nickte. „Ich weiß. Aber gewinnen macht auch gar keinen Spaß, wenn ich dabei meine Schwestern verliere!"

Und das war so ziemlich **das Beste und Schlauste,** was Monti ~~jemals~~ in letzter Zeit gesagt hatte. Oh ja!

Im nächsten Moment polterten endlich auch Tom und Martha auf dem Moped in die Einfahrt. Während Tom das Moped hastig vor den Anhänger spannte, warf Martha uns die Helme zu.

„Seid ihr bereit?", fragte sie, als sie sich ganz, ganz dicht hinter Tom auf den Mopedsattel schmiegte.

„Aber so was von!", antwortete ich, und dann legten wir SCHWESTERHERZEN lachend unsere Hände aufeinander! Tschakalaka!

~~KAPITEL 24~~

Schurken mögen <u>keine</u> Gurken – zumindest nicht, wenn sie durch die Luft fliegen! Thihi!

Tom fuhr so wild und so schnell, dass uns allen ~~VOLL MONSTERMÄßIG~~ fast ein bisschen schlecht wurde … Ürgs.

Mit quietschenden Reifen bremste er schließlich am Rande des Schlossplatzes und half Martha vom Sitz.

Nuca, Monti, Jo, Smilla und ich rissen uns die Helme von den Köpfen und sprangen vom Anhänger.

„Am besten, wir **<u>teilen uns auf!</u>**", schlug ich vor und deutete auf den übervollen Marktplatz.

Tom und Martha waren von dieser Idee nicht ganz so begeistert.

Unsicher verzog Tom das Gesicht. „Ich weiß nicht so recht. Ist das nicht zu gefährlich, wenn ihr alleine losziehet?"

„Gefährlich?", sagte Monti und lachte auf. „Wenn hier einer gefährlich ist, dann ja wohl wir!"

Nuca nickte und legte ihr die verbundene Hand auf die Schulter. „Außerdem sind wir nicht allein!"

Und das stimmte! *Aber so was von!*

Martha zog ihr Handy aus der Schürzentasche. „Wenn ihr die Tiere findet oder Hilfe braucht, ruft ihr uns an, okay?"

„Nur wenn ihr das Gleiche tut", sagte Jo, grinste und nahm das Handy an sich.

Und dann schnappten wir uns die Schleimpistolen, die ich den anderen unterwegs gezeigt hatte, und verschwanden im Getümmel. *Ready – steady – go!*

Leider war der Markt in Wirklichkeit **NOCH VIEL VOLLER,** als wir es erwartet hatten. Überall tummelten sich Menschen und drängten sich von Stand zu Stand.

„Hoffentlich sind wir nicht zu spät …", murmelte Nuca unglücklich, aber Smilla schüttelte den Kopf.

„Auf keinen Fall! Mein Auge sagt, dass das GLÜCK heute auf unserer Seite ist!" Und dabei drückte sie **ganz fest** Jos Hand, um sie aufzumuntern. Weil: Das machen SCHWESTERHERZEN eben so!

Dummerweise war das Glück, das Smillas Anhänger vorhersagte, gar nicht so leicht zu finden … *Grmpf.*

„Schade, dass dein Auge nicht auch anzeigt, wo sich das Glück versteckt", witzelte ich, und da mussten alle grinsen.

Monti war die Erste, die aufhörte zu lächeln, denn plötzlich bemerkte sie etwas Seltsames. „Ist das nicht der **Wagen von der Tankstelle?**"

Tatsächlich! Das war EINDEUTIG der rostige Lieferwagen vom Schmuddelhosenfahrer!

Wir konnten gerade noch sehen, wie die grüne Klapperkiste durch einen Mauerbogen in einem Hinterhof verschwand …

„Los! Wir dürfen ihn nicht verlieren!", rief Jo, und wir nahmen blitzeschnell die Verfolgung auf. Husch, husch!

Als wir den Mauerbogen erreichten, waren wir

- nicht nur **völlig außer Atem**, sondern sahen auch,
- wie der ungehobelte Fahrer aus seinem Wagen stieg und sich vorsichtig im verlassenen Hinterhof umschaute.

Als er gegen die Ladeklappe schlug, heulten im Inneren mehrere VERZWEIFELTE TIERSTIMMEN auf.

„Godzilla …", flüsterte Jo und musste mächtig schlucken.

„Wir holen ihn da raus!", versprach ich und legte ihr meine Hand auf die Schulter.

„Und wie wollen wir das anstellen?", hakte Monti nach.

Ich deutete einmal quer über den menschenleeren Hof. „**Da drüben** ist noch eine Zufahrt zum Innenhof. Wir teilen uns auf und kesseln ihn ein!"

Die anderen nickten, weil das nämlich

1. ein voll guter Plan war und sie
2. selber **leider keine bessere Idee** hatten …

Ich reichte Smilla und Monti zwei Schleimpistolen, und sie rannten los, um von der anderen Seite in den Hof zu kommen.

Jo und ich hielten die anderen beiden Pistolen fest umklammert, weil wir nämlich **nur vier** hatten und Nuca mit ihren verbundenen Handgelenken nicht so richtig einsatzbereit war.

Dafür behielt sie den Überblick.

Deshalb fiel ihr auch als Erste auf, dass die Schmuddelhose sich zum Pinkeln in eine Ecke des Hinterhofes zurückzog.

„Das ist unsere Chance!", zischte sie, und damit hatte sie ABSOLUT recht!

Das Doofe war nur, dass von Smilla und Monti auf der anderen Seite noch immer **NULL KOMMA NICHTS** zu sehen war … *Voll blöd.*

„Dann machen wir es einfach allein!", zischte Jo und huschte los.

Und obwohl Nuca und ich von dieser Idee nicht so ganz überzeugt waren, folgten wir ihr – weil man ein SCHWESTERHERZ ja nun wirklich **nicht alleine in die Schlacht** schicken kann! *Auf keinen Fall!*

„Hände hoch!", schrie Jo, als sie hinter der Helmfrisur stand. Der Schmuddelhosenmann drehte sich überrascht um und blinzelte uns mächtig ~~dämlich~~ verdutzt an.

„Was wollt ihr denn hier?!", giftete der Kerl und machte einen Schritt auf Jo zu, aber wir stellten uns **geschlossen** neben sie! *Eine für alle!*

„Keinen Schritt weiter!", zischte ich, und Jo und ich hielten unsere Finger am Abzug.

Leider schien sich der Fahrer davon ~~KEIN BISSCHEN~~ nicht so richtig beeindrucken zu lassen. Anstatt stehen zu bleiben und sich zu ergeben, lachte er nämlich auf und deutete auf unsere Waffen. „Sind das etwa Wasserpistolen?"

Bevor er uns erreichen konnte, schrie Nuca „ATTACKEEEEEE!", und Jo und ich feuerten ab! *Zack, boom, peng!*

Was natürlich sehr heldenhaft und mächtig cool war, weil der Kerl wie ein Hühnchen aufschrie und sich den Glibberschleim vom Körper schüttelte! *Thihi.*

„Los, jetzt befreien wir die Tiere!", rief Jo uns zu, aber bevor wir zum Wagen laufen konnten, erklang auch schon eine **andere Stimme im Innenhof.**

„Das werdet ihr nicht tun, ihr kleinen Teppichratten!"

Erschrocken drehten wir uns um und erkannten den Mann, der hinter Nuca stand. Es war: DER ~~SCHMIERIGE~~ TIERARZT, den wir bei Martha im Stall getroffen hatten! *Woah!*

Jo wollte ihre Glibberpistole auf ihn richten, aber da hatte er bereits Nuca am Kragen gepackt und griff sich mein Handgelenk! Und obwohl wir uns mächtig wehrten, schafften wir es einfach nicht, uns loszureißen!

Währenddessen schoss die Schmuddelhose vor und schnappte sich Jo. Oh nein!

Jetzt saßen wir alle drei in der Falle …

Nuca, Jo und ich **zappelten** und **motzen,** was das Zeug hielt, aber es half leider nichts: Die Männer zerrten uns zum Lieferwagen!

„Wir sperren sie erst mal zu den Viechern!", befahl der miese Tierarzt, und der Schmuddelfahrer nickte.

Doch als er die Ladeklappe öffnen wollte, hörten wir plötzlich SCHON WIEDER Stimmen in unserem Rücken.

„Ihr lasst jetzt unsere **SCHWESTERN** los, *sonst* …"

Monti! Das war eindeutig Monti, die den Männern drohte! Yes!

Als die Ganoven sich mit uns umdrehten, sahen auch sie Monti und Smilla – und lachten TOTAL BEKLOPPT auf.

„Was *sonst?*", spottete der fiese Arzt. „Wollt ihr uns etwa auch mit diesen Spielzeugdingern beschießen?" Dabei deutete er amüsiert auf die Schleimpistole, die Smilla in der Hand hielt – und irgendwie hatte ich das **ungute Gefühl,** dass er sich kein bisschen davor fürchtete … Grmpf.

Aber Monti schüttelte nur siegessicher den Kopf und grinste. „Mit den Wasserpistolen nicht, nein. Aber **hiermit**!“ Dann zog sie flitzeschnell ihr Schweißband aus der Hosentasche, zupfte eine kleine grüne Gurke aus der anderen und spannte sie in das elastische Gummiband.

Schneller als die Männer gucken konnten, zischte die Gurke DIREKT auf das Gesicht des Tierarztes zu – und traf ihn **mitten zwischen den Augen!** Jackpot!

Der Schurke ließ nicht nur Nuca und mich los, sondern sackte auch schreiend auf dem Boden zusammen.

Im nächsten Moment hatte Smilla Monti bereits mit einer weiteren Gurke versorgt, welche Monti jetzt auf die Schmuddelhose abfeuerte! Bäm!

Als auch der zweite Ganove kreischend zu Boden ging, stürzten Smilla und Monti zu uns an den Wagen, und Smilla zog ein Seil hinter ihrem Rücken hervor.

In Windeseile fesselten wir die Männer mit den Knoten, die wir beim Floßbau gelernt hatten. Ha!

Währenddessen funkelte ich Smilla und Monti vorwurfsvoll an. „Wo habt ihr denn so lange gesteckt?!“

„Hinter der Einfahrt waren ein paar Kisten mit Zeug, das wir ganz gut gebrauchen konnten …“, grinste Monti und deutete auf Smillas Umhängetasche mit den Gurken und den Seilen.

„Es war schließlich absehbar, dass wir mit **ein bisschen Schleim** nicht allzu weit kommen würden!", fügte Smilla stolz hinzu.

„Hat dir das etwa dein Auge verraten?", fragte Nuca beeindruckt, aber Smilla schüttelte stolz den Kopf.

„Nein, das hat mir mein V.E.R.S.T.A.N.D. verraten!" Sie rückte sich zufrieden die Brille zurecht, und wir mussten alle lachen – immerhin war Smillas Verstand wirklich HUNDERTZILLIONENMAL schlauer als das ~~olle~~ Glücksauge – und offenbar hatte Smilla das nun ENDLICH auch verstanden! Halleluja!

~~KAPITEL 25~~

Eine Überraschung kommt selten allein

Als wir die **OBERBLÖDEN OBERSCHURKEN** fest verschnürt hatten, riefen wir mit Marthas Handy Tom an, und der brachte gleich die Polizei mit.

„Da habt ihr aber ganze Arbeit geleistet!", lobte uns der Wachmann, während sein Kollege die beiden Ganoven abführte. Auf Nimmerwiedersehen!

„Seit Wochen versetzen die beiden Tierdiebe schon die Nachbarschaft in Angst und Schrecken, aber wir hätten nie gedacht, dass es ZWEI sind – und dass ausgerechnet der neue TIERARZT seine Finger im Spiel hat!"

„Was sollte ich denn machen?", rief uns der **schmierige Ganove** zornig zu. „Von ein paar Schweineimpfungen kann ich doch nicht leben!"

Das war aber noch lange kein Grund, unschuldige Tiere zu klauen und zu verkaufen – und deswegen hatte auch keiner von uns Mitleid mit ihm, als er nun im Gefängniswagen verschwand! Ätsch!

Und dann passierten noch ein paar **obermegafantastische Dinge,** nämlich:

- Jo konnte endlich Godzilla wieder in die Arme schließen!

- Martha fiel Tom um den Hals und drückte ihm einen dicken fetten Kuss auf die Lippen! Thihi …

- Ein Reporter von der Zeitung machte Fotos von uns Schwesterherzen und interviewte uns, weil wir nämlich echt HELDENHAFTE HELDEN waren, und das sollte jetzt auch die ganze weite Welt erfahren! Tschakalaka!

Als wir zurück in die Jugendherberge kamen, mussten wir aber leider feststellen, dass auch ein paar Dinge passiert waren, die nicht so obermegafantastisch waren:

1. Die AMIGOS waren beim Parcours disqualifiziert worden, weil sie *Triiischa* und ihre Blödbirnen mit Schlamm beworfen hatten!

∑2. Die ZUCKERPUPPEN hatten den zweiten Platz belegt und die ~~blöde~~ Olympiade damit gewonnen! Grmpf.

Wir **SICRET SISTAHZ** standen ~~mordsmäßig~~ ein wenig geknickt vor der Tafel und betrachteten die VOLL UNGERECHTE Punkteverteilung:

TEAMNAME	MITGLIEDER	PUNKTE
~~AMIGOS~~	~~Neo, Kolja, Leo, Oskar~~	~~14~~
Die Pandas	Käthe, Lea, Bine, Paula, Klara	11
Schach-ist-cool	Simon, Xaver, Clemens	3
~~SCHWESTERHERZEN~~	~~Bonnie, Smilla, Nuca, Jo~~	~~10~~
Die Rockstars	Coco, Alina, Max, Justina	7
ZUCKERPUPPEN	Trischa, Lenja, Rike, ~~Monti~~	18

Die 4-Fragezeichen	Franz, Paul, Lina, Mascha	12

„Die haben das echt KEIN BISSCHEN verdient!“, grummelte Monti leise, aber wohl nicht leise genug, denn Tom hatte sie irgendwie gehört.

„Seid ihr traurig, dass ihr den Parcours verpasst habt?“

„Nein“, erwiderte ich. „Aber wir hätten den AMIGOS den Sieg gegönnt. Oder **irgendeinem anderen Team** ...“ Ist so!

Tom nickte und hatte dann eine Idee. „Hey! Ich könnte ja mal mit Richard sprechen! Vielleicht könnt ihr auch noch mitmachen bei dem Film – wo ihr doch jetzt ECHTE SUPERHELDEN seid!“

Nuca, Smilla, Jo, Monti und ich sahen uns einen Moment lang an. Dann grinsten wir und schüttelten die Köpfe.

„Danke, das ist wirklich nett von dir“, erklärte Smilla. „Aber wir warten noch auf unseren eigenen ganz großen Auftritt!“

„Und wenn der kommt, wollen wir ihn ganz sicher nicht mit irgendwelchen ~~Blödbirnen~~ ZUCKERPUPPEN teilen!“, fuhr ich fort. Jawohl!

Tom musste lachen und nickte verständnisvoll. „Eine Belohnung habt ihr euch trotzdem noch verdient. Und ich glaube, ich hab da auch schon eine Idee …“

Und diese Idee war tatsächlich ~~gar nicht so schlecht~~ VOLL SUPERGUT! Am Abend veranstaltete Tom mit Martha nämlich ein **RIESENGROßES** Fest für uns Schwesterherzen. Hipp, hipp, hurra!

Dafür hängten die beiden überall im Garten und am See bunte Banner mit unserem Teamnamen auf, und es gab ein Lagerfeuer mit Grillwürstchen und Kuchen von Martha! Frau Koslowski hatte nach der Krötenattacke nämlich ~~glücklicherweise~~ leider gekündigt – und Martha und Tom hatten beschlossen, den Bauernhof und die Jugendherberge in Zukunft zusammenzulegen.

Was ja nun wirklich eine gute Idee war! Weil:

- Martha ECHT gut kochen konnte
- und ihre Stalltiere ECHT gut zu Toms Herberge passten

- und die beiden außerdem VOLLE KANNE ineinander verknallt waren! Thihi …

Und dann gab es abends auch noch ein bisschen Musik und eine kleine Ansprache, in der Tom und Martha der ganzen Klasse erzählten, wie H.E.L.D.E.N.H.A.F.T. wir SCHWESTERHERZEN die Tierdiebe überführt hatten!

Unsere Mitschüler waren **mächtig beeindruckt** und wollten alles ganz genau wissen. Und dann bekamen wir von Tom auch noch das GOLDENE SPIEGELEI von Bad Ödersen verliehen.

„Passt doch ganz gut zu unseren TATTOOS", sagte Monti grinsend, als wir uns die Anstecker ans Shirt gepinnt hatten, und dann hob sie ihr Handgelenk vor der ganzen Klasse in die Höhe und zeigte stolz ihr Tattoo: „Falls ihr es noch nicht wissen solltet: Wir sind die SICRET SISTAHZ!"

Wir anderen mussten lachen und taten es ihr gleich.

„Auf die SCHWESTERHERZEN!"

Nur Nuca wirkte ~~mordsmäßig~~ etwas unglücklich – weil sie nämlich immer noch die dicken Verbände um die Handgelenke hatte und **niemand** ihr Tattoo sehen konnte …

„Ich gehöre auch dazu!", rief sie zögerlich in die Menge und klang dabei ein bisschen unsicher.

„Aber so was von!", riefen Smilla und Jo wie aus einem Mund – und dann warfen wir uns alle auf Nuca und drückten sie ganz fest an uns! Weil jetzt ja ohnehin ALLE wussten, dass wir FELSENFEST zusammengehörten und es in Zukunft **keine Geheimlichkeiten** mehr geben musste! Tschakalaka!

~~Kapitel 26~~

Eine sauschwere Entscheidung
(und ein kleines bisschen Schadenfreude!)

Abends zog Monti ihre **Matratze in unser Zimmer,** und damit sie nicht alleine auf dem Boden schlafen musste, holten wir alle unsere Matratzen aus den Betten und legten sie nebeneinander.

Wir flüsterten und kicherten noch eine ganze Weile, doch als der Mond draußen vor das Fenster zog und Nuca anfing zu gähnen, wurde ich einen Moment ganz still und sah zu Monti rüber, die direkt neben mir lag.

„Bereust du es?“, fragte ich leise, aber die anderen hörten natürlich trotzdem jedes Wort.

„Was?“, fragte Monti und runzelte die Stirn.

„Dass du nicht im anderen Team geblieben bist. Dann hättest du **gewonnen** und wärst bald ein Filmstar!“

Monti sah mich einen Augenblick nachdenklich an, aber dann grinste sie.

„Was ich gewonnen hab, ist viel besser!"

„Du meinst eine Handvoll Schwestern ...?", hakte Jo nach, aber Monti schüttelte den Kopf:

„Schwestern hatte ich vorher schon – aber jetzt habe ich auch noch FREUNDINNEN!"

Dann nahm sie meine Hand und die von Jo auf der anderen Seite, und Jo umfasste Nucas Hand und ich schloss Smillas in meine.

Und so lagen wir da und beobachteten die **Wolken,** die draußen im Mondlicht tanzten.

Und ich bin mir ganz sicher, dass die anderen ebenso **oberüberglücklich** waren wie ich! Oh ja!

Am nächsten Morgen fragte Jo, ob Monti ihr ein paar frische Klamotten leihen könnte. Die Sachen, die sie von uns bekommen hatte, waren nämlich alle schon ~~mächtig~~ etwas schmutzig – und in Montis Rollköfferchen befanden sich noch ungefähr SIEBZEHNTAUSEND **ungetragene Kleider.** Ich hatte schon gesagt, dass Monti es IMMER übertreibt, oder?

Trotzdem mussten wir alle ein bisschen kichern, als wir Jo in einem von Montis Glitzerkleidern sahen.

„Sieht aus, als hättest du dich schick gemacht für die

Abreise", stellte Smilla fest, aber Jo atmete tief durch und schüttelte den Kopf.

„Nicht für die **Abreise,** aber für etwas anderes …"

Und als wir sie alle mächtig ~~dümmlich~~ verständnislos anstarrten, seufzte sie ein weiteres Mal: „Kommt ihr mit in den Stall?"

Natürlich kamen wir mit! Immerhin wollten wir da nicht nur Godzilla abholen, sondern uns auch von Martha verabschieden!

Aber als wir auf dem kleinen Bauernhof ankamen, stellten wir fest, dass Jo einen ganz anderen Abschied geplant hatte, nämlich:

VON GODZILLA!!! Wie bitte?!

„Bist du dir ganz sicher, dass du ihn hierlassen willst?", hakte ich ungläubig nach, als Jo ihr **geliebtes Ferkel** an sich drückte.

Jo wischte sich eine Träne aus dem Augenwinkel und nickte.

„Nur bis es meiner Oma wieder gut geht, dann hole ich ihn nach Hause." Unsicher blickte sie zu Martha, die in der Stalltür stand. „Also … natürlich nur, wenn es für dich okay ist, ihn noch eine Weile hierzubehalten?"

Marthas Mundwinkel breiteten sich zu einem Lächeln aus. „Godzilla ist **HERZLICH WILLKOMMEN** – und du darfst ihn jederzeit besuchen!"

Und obwohl wir alle wussten, dass es Godzilla hier im Stall s.a.u.g.u.t. gehen würde, bis Jo ihn wieder nach Hause holte, fiel uns allen der **Abschied** ganz schön schwer … Schluchz.

Irgendwann drängelte Monti dann aber doch noch. „In einer Stunde holt uns der Bus ab – und wir müssen noch unser Zeug packen!"

Jo nickte tapfer, und wir legten unsere Arme um sie und gingen Schulter an Schulter zurück in die Herberge.

Und ich musste mir wohl oder übel eingestehen, dass **diese Klassenreise** nach Bad ~~Blödersen~~ Ödersen doch nicht so öde war, wie ich es befürchtet hatte, sondern in Wirklichkeit **RAKETENMÄẞIG SCHÖN!** Aber psst!

Diesmal lachte keiner mehr über meine POOPJE-Tüte, und Monti, Jo, Smilla, Nuca und ich saßen im Bus alle zusammen.

„Was sagt denn dein Glücksauge?", fragte ich Smilla,

während ich einen **frisch gebackenen Müsliriegel** von Martha verdrückte. „Ist heute unser Glückstag?"

Smilla zuckte mit den Schultern. „Keine Ahnung, was das sagt – ich hab es nämlich bei Godzilla im Stall gelassen …"

Monti, Nuca, Jo und ich starrten sie ~~VÖLLIG ENTGEISTERT~~ überrascht an, aber Smilla grinste nur und schob sich die Brille zurecht.

„Mal ehrlich, Mädels! Wer braucht schon Glück, wenn er VIER SCHWESTERN hat!"

Und das war so was von richtig! Tschakalaka!

Als wir an der Tankstelle eine Pinkelpause machten, fuhr jedenfalls ~~kein Schwein~~ niemand ohne uns weiter, weil ALLE zu ALLERERST guckten, ob die **WELTBERÜHMTEN SCHWESTERHERZEN** auch wirklich und ganz sicher mit an Bord waren!

Am zweitschönsten dabei war aber, dass sich niemand für die Zuckerpuppen und ihren ollen Sieg interessierte. Ätsch!

Selbst als *Triiischa,* Lenja und Rike eine Woche später ein paar Tage von der Schule befreit wurden, um mit

Marvin Klüver zu drehen, fragte keiner unserer Mitschüler nach.

Und auch die Karamellbirnen waren überraschend wortkarg, als sie wieder am Unterricht teilnahmen. Verdächtig …

„Und, wie war's?", hakte Obermuffel Strunz dennoch nach und lächelte dabei total ~~dämlich~~ neugierig.

Aber *Triiischa* und ihre Honigbirnen zuckten nur mit den Schultern.

„Ganz okay …"

Und dann pressten sie wieder ihre schmalen Lippen aufeinander.

„Da ist doch irgendwas faul!", stellte Jo fest, wusste aber auch, dass die Karamellbirne uns wohl kaum erzählen würde, was … Hm.

Vier Wochen später fanden wir es aber **doch noch heraus.**

Mein Papa hatte nämlich nicht nur seinen Nachdreh überstanden, sondern bekam jetzt auch noch eine Handvoll Einladungen zur Filmpremiere zugeschickt. Und ich fiel fast vor Ohnmacht aus den Latschen, als ich feststellte, dass es ein Film mit MARVIN KLÜVER war!

„Das hast du mir überhaupt nicht erzählt!", warf ich meinem Papa entrüstet vor. Pff!

Aber Papa runzelte nur eingeschnappt die Stirn. „Ich wusste ja nicht, dass dich **so was** interessiert! Dieser Klüver wird maßlos überbewertet – in Wirklichkeit ist der so talentiert wie ein Stück Blumenkohl auf einem Stock!" Und dann verdrehte er theatralisch die Augen. „Dieser Dilettant von einem Regisseur denkt, er könnte mich mit ein paar VIP-Tickets darüber hinwegtrösten, dass sie mich aus dem Film rausgeschnitten haben – dabei habe ich für den Nachdreh EIN HALBES JAHR gehungert!"

Ich ließ es sein, Papa darauf hinzuweisen, dass er in Wahrheit nur eine Woche Diät gemacht hatte, denn für mich war etwas **ganz anderes** interessant:

„DU HAST WIRKLICH VIP-TICKETS FÜR DIE FILMPREMIERE?"

Dabei versuchte ich natürlich, mordsmäßig lässig zu klingen, aber ich weiß nicht, ob mir das wirklich gelang – denn im nächsten Moment zuckte Papa schon mit den Schultern und sagte: „Du kannst mich gerne begleiten, wenn du willst. Vielleicht wollen deine Freundinnen ja auch mitkommen …?"

Und so kam es, dass

- ~~ich doch noch in Ohnmacht fiel~~
- ~~ich mir vor Schreck aufs Shirt sabberte~~
- die SCHWESTERHERZEN echt und tatsächlich auf die Premiere des neuen Films von Marvin Klüver gingen!!! Waaaaaaah!

Für diesen Anlass versorgte Monti uns alle mit ein paar superschicken Glitzerklamotten aus ihrem Kleiderschrank. Selbst Nuca passte in eins ihrer Kleider, weil sie sich auf der Klassenreise nämlich **mächtig viel bewegt** und **ziemlich gesund ernährt** hatte – und deshalb ein paar Kilo verloren hatte, ohne es zu merken! Win-win!

Sogar Jo ließ ihre Wollmütze zu Hause und zwängte sich in ein schwarzes Kleid mit silbernen Pailletten.

„Ich komme mir voll dämlich verkleidet vor", grummelte sie zwar zuerst, aber als wir dann gemeinsam über den roten Teppich spazierten, fühlte sie sich auf einmal doch ganz wohl ... Thihi.

Im Kinosaal entdeckten wir dann auch ***Triiischa* und die beiden Honigbirnen.** Erstaunlicherweise hatten sie sich in die hinterste und dunkelste Reihe verzogen, und es schien so, als wollten sie am liebsten hinter den Sitzlehnen abtauchen.

Und als der Film dann begann, wussten wir auch warum:

Die Rolle, die die drei spielten, war nämlich nur ganz kurz, aber dafür OBERMEGAPEINLICH!

Sie waren nur ungefähr **drei Sekunden** im Bild – und in diesen drei Sekunden pinkelten sie sich VOLLE KANNE in die Hose, weil sie einem Z.O.M.B.I.E. begegneten! Und das konnte jetzt ALLE WELT sehen! Haha!

„Scheint so, als wäre der Olympiade-Preis doch nicht so der Hauptgewinn gewesen ...", kicherte Monti und knusperte grinsend auf einer Extraportion Popcorn herum. Und wir anderen kicherten mit ihr, weil sie damit natürlich so was von recht hatte!

Noch schöner wurde es allerdings, als hinterher die AFTER-SHOW-PARTY begann!

Mit unseren VIP-Tickets hatten wir nämlich Zugang zum VIP-Bereich, und dort trafen wir als Allererstes Marvin Klüver und machten so ungefähr **HUNDERTZILLIONEN** Selfies mit ihm! *Yay!*

Irgendwann entdeckte Jo aber etwas, was noch viel interessanter war.

„Sind das nicht *Triiischa,* Lenja und Rike, die da mit dem **Sicherheitspersonal** streiten?"

Und tatsächlich! Am Eingang zum **Promi-Bereich** diskutierten die drei Zuckerpuppen mit dem Einlasspersonal – das verweigerte ihnen nämlich offensichtlich den Zutritt zur VIP-Loge! *Ätsch!*

„Aber wir haben in dem Film MITGESPIELT!", hörten wir *Triiischa* aus der Ferne giften.

„Ist klar", erwiderte der Sicherheitsmann. „Und ich bin in Wirklichkeit eine Fee, der Gänseblümchen aus dem Hintern sprießen!" Und dann brachte er die schimpfenden Mädchen weg … *Thihi.*

„Einige Fans sind **ECHT** peinlich", murmelte Marvin Klüver, als er sah, wie *Triiischa* und ihre Honigbirnen abgeführt wurden – und darauf mussten wir alle erst mal mit einem **großen Glas Apfelschorle** anstoßen!

(Außerdem stießen wir natürlich noch darauf an, dass

Smilla in ihrem **Mathewettbewerb** weitergekommen war und jetzt ganz, ganz überzeugt davon war, ziemlich bald die *Weltherrschaft an sich zu reißen* – aber das ist eine andere Geschichte … Seufz.)

Als die prickelnde Apfelschorle in meinem Bauch blubberte und ich meinen Blick über die Party schweifen ließ, stellte ich jedenfalls etwas **VOLL WICHTIGES** fest – und zwar, dass Smilla und ihre schlauen Bücher doch nicht immer richtiglagen!

Schließlich wurde bei all dem, was in den letzten Wochen passiert war, ja wohl vor allem **EINES** bewiesen:

Wer nicht gewinnt, hat noch lange nicht verloren!

Vor allem nicht, wenn er die besten Schwesterherzen und Freundinnen der Welt an seiner Seite hat! Bäm!

TYPENTEST

WELCHE DER SCHWESTERHERZEN BIST DU?

1. WAS MACHST DU, WENN DU EIN PROBLEM HAST?

- ○ Ich denke mir in Ruhe eine Lösung aus. (B)
- ○ Ich lenke mich mit einer Zeitschrift ab. (E)
- ○ Probleme interessieren mich nicht. (C)
- ⊗ Ich unternehme sofort etwas dagegen. (A)
- ○ Ich tröste mich mit meinem Lieblingsessen. (D)

2. WELCHE LIEBLINGSFARBEN HAST DU?

- ○ Fröhliche Farben. (A)
- ○ Ich mag eigentlich alle Farben. (D)
- ⊗ Je nachdem, was gerade angesagt ist. (E)
- ○ Schwarz, Hellschwarz, Dunkelschwarz und Tiefschwarz. (C)
- ○ Helle Farben. (B)

3. WELCHEN PART ÜBERNIMMST DU BEI EINEM REFERAT?

- ⊗ Ich trage das Referat vor! (E)
- ○ Ich muss auch etwas machen? (C)
- ○ Ich übernehme die Ausformulierung! (A)
- ○ Ich kümmere mich darum, dass alles richtig ist. (B)
- ○ Ich mache das, worum ich gebeten werde ... (D)

4. ÜBER WELCHES GEBURTSTAGSGESCHENK WÜRDEST DU DICH AM MEISTEN FREUEN?

○ Eine Geburtstagsfeier mit Freundinnen. (D)
○ Ein eigenes Pferd! (A)
○ Einen Kampfsport-Kurs. (C)
⊗ Ein total gutes Buch. (B)
○ Einen Shoppingnachmittag. (E)

5. IN WELCHEM BEREICH WÜRDEST DU GERNE EIN PRAKTIKUM ABSOLVIEREN?

⊗ Bei einer Tierschutzorganisation oder im Pflegeheim. (C)
○ Bei der Polizei oder in einem Detektivbüro. (A)
○ Bei einer angesagten Zeitschrift. (E)
○ Hauptsache, meine Kolleginnen und Kollegen sind nett. (D)
○ In einem Labor. (B)

6. WAS ZIEHST DU AM LIEBSTEN AN?

○ Einen Rock mit einer Bluse oder einem hübschen Pullover. (B)
○ Schwarze Hose, schwarzer Pullover, schwarze Schuhe. (C)
○ Ich mag gerne bunte Kleidung. (D)
⊗ Sportliche und bequeme Sachen. (A)
○ Da kann ich mich doch nicht festlegen! Auf jeden Fall muss es stylisch sein. (E)

7. WO WÜRDEST DU IN DEN NÄCHSTEN FERIEN GERNE HINFAHREN?

- ◯ In einen All-inclusive-Verwöhnurlaub. (D)
- ◯ In eine interessante Stadt, vielleicht nach Rom. (B)
- ◯ Auf eine Abenteuer-Reise. (A)
- ◯ Irgendwohin, wo ich meine Ruhe habe. (C)
- ⊗ Nach Amerika! (E)

8. WELCHE EIGENSCHAFTEN MÖGEN DEINE FREUNDE AN DIR?

- ◯ Ich verteidige sie, wenn es darauf ankommt. (E)
- ◯ Meinen Mut. (C)
- ◯ Ich nehme kein Blatt vor den Mund. (A)
- ◯ Ich habe immer eine Lösung parat. (B)
- ⊗ Ich biete immer meine Hilfe an. (D)

9. WAS FÜR EIN MUSTER MAGST DU AUF DEINEN KLAMOTTEN?

- ◯ Ich liebe karierte Muster. (A)
- ◯ Ich mag alle Muster. (D)
- ◯ Streifen gefallen mir gut. (B)
- ⊗ Das kommt ganz auf das Outfit an! (E)
- ◯ Zählt Schwarz als Muster? (C)

10. WELCHE FILME SCHAUST DU AM LIEBSTEN?

- ○ Gruselfilme. (C)
- ⊗ Dokumentationen. (B)
- ○ Liebesfilme. (D)
- ○ Komödien. (A)
- ○ Alles mögliche. (E)

11. WIE SIEHT DEIN FREUNDESKREIS AUS?

- ○ Ich komme mit allen gut klar und habe eine allerbeste Freundin. (B)
- ○ Abgesehen von meinen besten Freunden mag ich die Leute in meinem Umfeld nicht besonders. (C)
- ○ Ich habe einen festen Kreis an sehr guten Freunden. (A)
- ⊗ Ich verstehe mich mit sehr vielen Menschen sehr gut und habe ein paar richtig gute Freunde. (E)
- ○ Ich habe nicht viele Freunde. (D)

AUSWERTUNG:

Bei welchem Buchstaben hast du die meisten Kreuze gemacht? Auf der nächsten Seite erfährst du, welcher der Schwesterherzen du am ähnlichsten bist.

A ○ B ○ C ○ D ○ E ⊗

AUSWERTUNG

BONNIE

ÜBERWIEGEND A

Du bist wie Bonnie. Mit dir gibt es immer etwas zu erleben. Du nimmst die Dinge ohne unnötig langes Nachdenken gerne selbst in die Hand. Allerdings sind deine Pläne nicht immer wasserdicht – aber wofür gibt es Schwesterherzen?

SMILLA

ÜBERWIEGEND B

Unter den Schwesterherzen ist dir Smilla besonders ähnlich. Du bist hilfsbereit und schlau (und deshalb sehr vernünftig) und hast immer eine gut durchdachte Lösung parat.

JO

ÜBERWIEGEND C

Du bist eher eine Einzelgängerin, so wie Jo. Du hast eine harte Schale und dafür einen umso weicheren Kern. Ungerechtigkeit kannst du überhaupt nicht leiden, vor allem nicht gegen Hilflose, wie z. B. Tiere!